tikam QISAS WRAAK
месть Rache bossz
復讐 MENDEKUA ta
osveta PANIMA 10
омста ᎤᏂᏐᏆ VENÔ
oghalte
txcataña esan PAGHIHIGAN
ọbọ Kosto Ho'opa'i
복수 hævn
balas dendam εκδίκηση
te utu tapuato

BRUNA MAIA

COM TODO O MEU RANCOR

Rocco

Copyright © 2022 *by* Bruna Maia

Direitos desta edição reservados à
EDITORA ROCCO LTDA.
Rua Evaristo da Veiga, 65 – 11º andar
Passeio Corporate – Torre 1
20031-040 – Rio de Janeiro – RJ
Tel.: (21) 3525-2000 – Fax: (21) 3525-2001
rocco@rocco.com.br
www.rocco.com.br

Printed in Brazil/Impresso no Brasil

Preparação de originais
THADEU C. SANTOS

CIP-Brasil. Catalogação na publicação.
Sindicato Nacional dos Editores de Livros, RJ.

M184c

Maia, Bruna
    Com todo o meu rancor / Bruna Maia. – 1. ed. – Rio de Janeiro : Rocco, 2022.

    ISBN 978-65-5532-286-6
    ISBN 978-65-5595-146-2 (e-book)

    1. Ficção brasileira. I. Título.

22-78800
                                               CDD: 869.3
                                               CDU: 82-3(81)

Gabriela Faray Ferreira Lopes – Bibliotecária – CRB-7/6643

O texto deste livro obedece às normas do
Acordo Ortográfico da Língua Portuguesa.

Impressão e Acabamento: BMF GRÁFICA E EDITORA

What you did to me made me see myself
somethin' awful
A voice once stentorian is now again meek and
muffled
It took me such a long time to get back up the
first time you did it
I spent all I had to get it back, and now it seems
I've been outbidded
My peace and quiet was stolen from me
When I was looking with calm affection
You were searching out my imperfections

(Oh Well, Fiona Apple)*

---

* Composição: Fiona Apple Maggart

A TODAS AS MINHAS MUITAS MARIELAS
E A L.V., INGOVERNÁVEL E DISPOSTA A TUDO
PARA NOS LIBERTAR

Cheguei naquele espigão espelhado e cafona, ouvi um alarme agudo e achei que estava soando só na minha cabeça. São Paulo te deixa tão louca às vezes que os ruídos urbanos permanecem circulando pelo seu cérebro mesmo quando você consegue encontrar o silêncio, mesmo que seja em um espaço criado especialmente para isso, tipo aquelas salinhas de descompressão de firma moderninha.

Mas não era coisa da minha cabeça, era mesmo o alarme de incêndio. Sorri um pouco. Não tinha nem passado pela coluna de mármore equivocada do lobby quando aquela buzina maldita gritou. Era reconfortante a ideia daquele prédio triste pegando fogo e ardendo por algumas horas até derreter todos os Terminais Bloomberg da corretora do nono andar, todas as poltronas caras da sala de espera do escritório de advocacia do sétimo, o mesmo escritório que ajuda os corretores do nono a mandarem grana pra gringa pagando o mínimo de imposto possível estritamente dentro da lei e, claro, todos os iMacs da agência de publicidade onde eu trabalhava.

Infelizmente, a minha chama de alegria se apagou bem rápido: não era um incêndio. Umas pessoas começaram a sair pela porta corta-fogo, a maioria bem calma. Passaram por mim duas loiras comentando sobre uma startup de limpeza, a de azul-marinho dizia que era incrível, que você marcava a faxina pelo app, e era tão barato e tão rápido e tão confiável; a de cinza tinha medo, pois vá que a faxineira roube alguma coisa. Um homem de camisa azul-clara esbravejava indignado no celular, tinha perdido três mil reais porque a porra do treinamento de incêndio atrasou um trade de umas ações da Petrobras.

Senti uma faca metafórica entrar pelo meu romboide e chegar no meu coração. Não aguentava mais aquele prédio, não aguentava mais aquelas loiras, queria matar todos aqueles traders barrigudos e precocemente calvos, sufocados no seu próprio mau hálito de quem ganha muito — mas come mal e fuma pelos olhos — e queria entrar com um lança-chamas e, em seguida, queimar toda aquela agência de publicidade ridícula que tinha sugado 75% da minha vontade de viver, que já não era muita. Pensando melhor, não. Aquela agência sugou só 28% da minha vontade de viver. O Matheus sugou 69%. Sobrevivia entre um diazepam e outro com os parcos 3% que restaram.

Estava me recuperando de mais essa decepção quando senti alguém colocar a mão no meu ombro e dei um pulo. Era meu chefe, o Jonas. Eu adorava o Jonas. Ele tinha uma qualidade muito rara entre publicitários: não se levar a sério. Não levar nada daquilo ali a sério.

— Jonas, se estiver pra rolar umas demissões, me põe na lista, quero ser demitida.

"Será que disse isso mesmo ou é mais uma coisa dentro da minha cabeça?" Não, eu tinha dito.

Será que Matheus teria me amado mais se eu não fosse publicitária? Se fosse professora de escola pública, médica do SUS? Será que eu teria amado mais minha vida se não tivesse andado por aqueles corredores durante anos até não conseguir fazer mais outro caminho? No começo eram acarpetados, cafonas, cheios de ácaro, embora dissessem que era antialérgico. Carpete antialérgico, só podia ser coisa de publicitário. Tinham mudado para vinílico fazia dois anos, um cliente convenceu o dono da agência.

Na época também contrataram uma grafiteira negra para fazer uma intervenção na parede, e, durante a semana em que ela passou entregue à sua arte, pela primeira vez houve uma mulher negra na agência além da dona Marisa, que cuidava da copa, e das faxineiras que mudavam com alguma frequência. A artista desenhou o morro Santa Marta bem colorido. E ele ficou vistoso na entrada para recepcionar os clientes que chegavam de Range Rover, Jeep, vez ou outra até mesmo de helicóptero naquele prédio da Faria Lima.

Será que eu me amaria mais se tivesse me devotado a uma profissão generosa? E se tivesse feito engenharia ambiental ou arquitetura e vivesse de espalhar por aí o conhecimento da permacultura? Talvez devesse ter me entregado à minha arte, pois já me disseram que eu tinha talento para a comédia.

Mas eu não era e nunca fui nada disso, não tinha paciência para ensinar, não queria ter a responsabilidade de curar alguém, não conseguiria viver no mato fazendo fossa biológica que transforma bosta em adubo de bananeira. Também não tinha coragem para ser artista, porque o artista quando não é filho de rico é um corajoso. Ele passa anos aprimorando uma técnica e, quando vê, tem que fazer um grafite em uma agência de publicidade para pagar as contas no fim do mês.

O que me restava eram pequenas rebeliões silenciosas, reduzir ao máximo minha jornada de trabalho passando a maior parte do tempo possível trancada no banheiro, tentando cochilar ou me masturbando para relaxar depois de assistir a um PowerPoint motivacional da chefia com trilha sonora do Coldplay até meus dedos ficarem enrugados e começarem a tremer involuntariamente, a ponto de precisar usar uma tala para a tendinite, e o Jonas pensar que era porque eu trabalhava demais. Sobrava o pequeno prazer de arrancar a placa do Range Rover de algum cliente no estacionamento, de olho para que nenhuma câmera me pegasse no flagra.

Houve grandes momentos no meio daquela desgraça, não posso negar. Até hoje sorrio bastante quando lembro a vez que Tomás, o playboy filho do dono da agência que estava ocupando o cargo de VP de coisa nenhuma chegou de punhos cerrados, mandíbulas travadas, pisando firme, com aquela confiança de herdeiro cocainômano, e gritou para que nosso time seguisse urgentemente para a sala de reunião porque a campanha dos absorventes estava ruim e muito atrasada.

O pulôver dele tinha cheiro de cigarro, as olheiras indicavam que as últimas noites tinham sido intensas e senti o mau hálito de longe quando ocupei o meu lugar em torno da mesa de vidro. Ele olhou bem para minha cara de mulher e:

— Você pode me trazer um café coado, por favor?

— Claro.

Jonas me seguiu até a copa, desesperado, e, por mais adorável que ele fosse, não tinha se dado conta do problema de ter apenas duas mulheres na reunião da campanha de uma marca de absorventes e uma delas ter sido incumbida de levar café, mesmo que a empresa tivesse uma copeira e a sala de reunião tivesse uma Nespresso. Mas o bebezão queria o seu café coado, provavelmente como a empregada da casa dele fazia desde sempre.

— Ana, Ana, esse maluco ainda vai fazer a gente perder o emprego.

O cliente estava gastando milhões na tentativa de surfar no discurso de empoderamento feminino. Queria outras palavras, porque "fresca" e "suave" já estavam meio batidas. Mas nada agradava Tomás, nenhum discurso de autoestima, nenhuma arte que não fosse rosa, nenhum sangue que não fosse azul. Na reunião anterior ele tinha insistido na ideia de adicionar luvas pink nas embalagens para que mulheres não tivessem que encostar nos absorventes usados. Infelizmente a jovem estagiária falou que o plástico não era ecológico e que mulheres não sentem tanta repulsa assim pela própria menstruação. Confesso que queria que aquela ideia fosse adiante para saborear o constrangimento geral, mesmo que fosse resultar na demissão de toda a equipe.

Preparei o café e servi duas xícaras. Pinguei vinte e cinco gotas de rivotril numa delas.

— Você não tá exagerando nisso não, Ana?

— Não é pra mim.

Voltei pra sala, entreguei o café para Tomás com o melhor sorriso falso que pude estampar na minha cara.

— Só tinha com aroma de baunilha, espero que goste.

Ele começou a discursar sobre como a equipe estava sendo pouco criativa ao pensar em ações para a marca, metralhando palavras em inglês fora de contexto. Mas a língua dele começou a ficar mole, os punhos amoleceram, ele respirou fundo e relaxou as costas na cadeira. Com os movimentos já vagarosos, bateu as mãos na mesa.

— Enfim, o que as mulheres querem?

— Ser magras — respondi com ódio e desgosto.

— Perfeito! É isso!

— Claro. Em vez de dar luvas, organiza uma ação com uma marca de cintas modeladoras dizendo que diminui o inchaço, vai ser um sucesso.

Eu e a estagiária jovem e feminista cruzamos nossos olhares. Ela já me conhecia o suficiente para saber que era uma ironia. Ela sorriu. E o sorriso dela murchou quando Tomás abriu a boca novamente, meio grogue.

— É disso que precisamos. Como é seu nome mesmo? Malu?

— Ana.

— Isso, Ana, pesquisa quais marcas poderiam fazer essa colab com a gente?

— A Ana é da criação, vou pedir pra pesquisa — disse o Jonas, sorridente, feliz com a solução cujo sexismo também não tinha percebido.

Acabamos convencendo o cliente a lançar um kit promocional com chás para melhorar a cólica e diminuir a retenção de líquido, além de sabonetes, velas aromáticas, chocolates orgânicos com pouquíssimo açúcar e também, claro, uma cinta modeladora cujo objetivo declarado era diminuir o inchaço, mas que poderia ser usada o mês inteiro para espremer os culotes e a barriga da usuária. Tudo junto com o novo slogan "Viva livre, viva leve" e uma identidade visual cor-de-rosa, óbvio.

Foi um sucesso. A equipe de mídia soube enviar o kit para as influenciadoras de autoestima e empoderamento corretas, incluiu até mesmo uma plus size que conseguiu encaixar na maior cara de pau aquela cinta no discurso antigordofobia.

Jonas me garantiu um aumento e passou a me pedir sempre a gentileza de preparar um café para as reuniões com Tomás. A estagiária jovem e feminista pediu para sair, foi trabalhar em uma ONG de preservação ambiental e talvez não tenha me perdoado.

Matheus nunca soube dessa campanha, nem das minhas habilidades especiais no preparo de café da firma. Não contei. Tinha medo de que ele me amasse menos se soubesse o quão publicitária eu era capaz de ser.

Depois do meu pedido de demissão, o alarme de incêndio disparou descontrolado e pensei que agora sim talvez tivesse dado certo e era fogo mesmo.

Todo mundo olhou pra cima para ver alguma labareda, e pensei que naquele momento eu havia tido um pingo de valentia. Mas talvez fosse só uma boa dose de loucura me conduzindo a um inferno corporativo no qual sofreria represálias por ter demonstrado que não queria mais aquele casamento com o diabo até eu mesma me demitir e sair de lá sem um tostão.

O Jonas não faria isso comigo, não, não ele. Ele, que era eternamente grato pelos vários prazos cumpridos e pelos tantos outros estendidos simplesmente porque fiz com que aquele playboy se acalmasse nas reuniões. Jonas apenas diria que não, que a empresa gostava muito de mim, que ele dependia muito de mim, que eu poderia tirar uns dias para descansar se precisasse e que ele seguraria a onda. Mas será que dava mesmo para confiar nele? Ele era legal, mas era homem e publicitário. Quem tem noção não confia em publicitário.

O alarme parou de repente, parecia mudar de ideia toda hora a respeito da seriedade daquele treinamento. E então o Jonas falou:

— Acho que sim, Ana, te entendo, manda um e-mail formalizando seu pedido que vou conversar com a chefia, mas acho que rola. Eles andavam com um papo de cortar CLTs semana passada — Jonas respondeu suavemente.

Aquela facada saiu de novo e entrou mais uma vez.

A facilidade com a qual o Jonas aceitou que eu fosse embora teria afetado minha autoestima, se eu tivesse alguma.

Aí abri um sorrisinho.

Ia sair daquele emprego chato pra caralho e me dedicar a tornar a vida daquele filho da puta um inferno.

Você vai se foder, Matheus.

Tinha uns tantos PJs que eles poderiam chutar sem gastar nada com rescisão antes de me largarem, mas o meu salário estava alto demais. Alguém mais jovem talvez fizesse as mesmas coisas com muito mais paixão e por muito menos dinheiro. E empresas odeiam CLTs, mesmo que o custo de se livrar deles somado ao custo dos muitos processos trabalhistas dos PJs seja muito alto.

O Jonas ficou meia hora me dizendo como ele estava feliz pela minha decisão, como ele sabia que tudo aquilo era uma grande palhaçada e como eu deveria fazer o que amo.

Eu sorria e assentia. Sabia que não ia fazer o que amo porque não amava nada, e esse pensamento fez surgir aquela bolota na garganta que aparece sempre que me dou conta do quão vazia e sem sentido é a minha vida. Caiu uma lágrima de ansiedade do meu olho e fingi que era emoção por estar indo embora daquela empresa que me deu tantas oportunidades e onde conheci tanta gente incrível (mentira).

Q uando vi, tinha duzentos e cinquenta mil reais na minha conta, entre FGTS, multa, isso e mais aquilo. Pelo menos tirei alguma coisa boa de ter passado dez anos da minha juventude naquela agência horrorosa, indo de reunião em reunião para discutir o que foi discutido na reunião anterior e marcar a próxima. A primeira alegria profissional do jovem millennial é ser contratado no regime CLT. A segunda é ser demitido.

Com essa grana toda e mais o que tinha conseguido guardar nos últimos anos, pode ter certeza que você vai se foder muito, Matheus, seu escroto.

Deitei na cama para obcecar, pensar na maneira como daria um jeito de enlouquecer aquele infeliz mais do que ele tinha me enlouquecido.

Mas aí meu pensamento escorregou.

Minha buceta começou a arder e a sentir falta do pau dele, mas a ideia de transar com ele outra vez me despertou nojo além de tesão, e o nó cresceu de novo na garganta. E a facada me atravessou de novo, só que dessa vez furando meu pulmão direito e saindo pelo meu útero. Facas metafóricas têm formatos muito peculiares, afinal.

Queria vomitar.
Queria tocar uma siririca.
Queria matar o Matheus.
Queria, principalmente, já estar morta.

F ernanda me ligou, ela sabia que eu detestava ligações.
— Você tá bem, Ana? Vamos sair, Ana. Você precisa tomar um ar, ver as pessoas, comer um pouco.
Gosto tanto de você, Fernanda. Gosto tanto de você e do Fabinho e do Tavinho e do Lucas e da Joana e da Luiza e do Felipe. Vocês são tudo pra mim.
Mas meu tudo é tão pouco agora. Meu tudo é nada, meu tudo é um vazio que aquele escroto largou quando foi embora e me deixou chorando naquele parklet estúpido daquela hamburgueria que fazia a rua inteira feder a bacon rançoso.
Tudo bem, Fernanda, quero te ver. Quero ver vocês todos e estar com vocês todos e ouvir de vocês que tudo aquilo de que o Matheus me convenceu é mentira, ouvir que não sou ruim, que não sou má, que não sou fútil, que não sou uma assassina de gado de corte, que não sou uma engrenagem tão fundamental assim do aquecimento global, que não sou uma amiga horrível e uma cidadã pior ainda e, principalmente, que não fiz nada para merecer aquelas agressões, aquele empurrão e aquele hematoma absolutamente não sexual no braço esquerdo. E aquilo.

Quero ouvir de todos vocês que sou amável e que sou amada, para não acreditar em nada e cair no choro de novo pensando que não tenho nada de bom dentro de mim.

Nunca vou esquecer quando ele disse que meu coração era só ódio, que não tinha um pingo de boa intenção dentro de mim, que tudo na minha vida revolvia em torno de sexo, carne, gim e humor ofensivo, ao contrário dele, que era um ser tão empático e abnegado e que se preocupava muito com o destino da humanidade, com o bem-estar de todas as vacas e galinhas e porquinhos. Tudo isso enquanto ele comia um hambúrguer triplo, assistia South Park e dava risada ao mesmo tempo em que me censurava por gostar tanto daquele desenho tão tóxico. E me dedava.

Puta que pariu, Matheus, como você era chato.

A Fernanda me convenceu a encontrar com ela na casa do Lucas e do Tavinho. Rastejei até o chuveiro e tomei um banho que demorou trinta minutos, dos quais vinte e quatro passei chorando sentada no chão, em posição fetal, sentindo a água escorrer pelos nós de tensão da minha escápula. No minuto vinte e cinco, me veio a voz do Matheus me dizendo que eu estava gastando água demais e que o mundo ia aquecer três graus por minha causa, aí levantei e passei aquele xampu em barra horroroso que só comprei pra me sentir menos merda por usar cosméticos de embalagem plástica.

Certo era ele, sim, era ele que lavava o cabelo com sabão de coco. Quando me dei conta do ridículo, atirei aquela barra de xampu na parede, chorei mais um pouco e, na hora em que fui sair do box, escorreguei naquela merda e levei um tombo que me rendeu um hematoma enorme e uma puta dor no cóccix. E, naquele momento em que estava pelada no chão do banheiro, chorando e tentando verificar se não tinha quebrado nenhum osso naquela queda idiota, uma súbita inspiração deslizou pelos meus neurônios e eu soube exatamente o que ia fazer pra infernizar aquele cretino, tim-tim por tim-tim.

Mas, olha, era um plano complicado.

Até porque se tem coisa da qual o Matheus nunca poderia me acusar era de não ser criativa.

"Gosto tanto de você, Ana, porque você é tão livre, tão inteligente e tão mais criativa que eu", ele dizia. Que nada, ele me detestava exatamente por causa disso.

N os conhecemos em um aplicativo. Ele me deu um superlike e ficou impressionado que eu tivesse retribuído. Gostei dos cachos e das fotos de bicicleta e da barba por fazer. Ele gostou das tatuagens e do cabelo bagunçado e dos óculos com armação gatinho. Era um par absolutamente previsível.

Depois de alguns dias de conversa mole, finalmente nos encontramos em um bar em Pinheiros. Ele estava com uma camiseta do Carl Sagan e ficou muito impressionado porque eu tinha assistido às duas temporadas de *Cosmos*, com o Neil deGrasse Tyson. Ele tinha a ponta do nariz arredondada e aquilo era tão fofinho.

Sim, fofinho parece um adjetivo estranho para se referir a um cara que você está a fim de pegar. Mas foi esse sentimento de ternura que ele me despertou. Tinha vontade de abraçar, apertar e beijar até que os olhos dele saltassem pra fora. E não, isso não era incompatível com tesão.

Eu amava viajar. Ele não. Eu detestava música ao vivo. Ele curtia. Eu adorava madrugar em uma balada. Ele não entendia por que as pessoas pagavam pra entrar em um lugar e passar a noite consumindo bebidas caras demais. Eu trabalhava para pagar minha diversão e, depois de anos na publicidade, ria da ideia de impacto positivo. Ele acreditava que conseguiria mudar o mundo, de alguma forma, com seu trabalho de gerente de produto numa startup de aluguéis de imóveis por temporada, apesar de essa área ser tão decepcionante para alguém que acredita ser mais nobre que o capital.

As discordâncias não nos impediram de conversar durante algumas horas. De consumir muita cerveja até o bar fechar. E nem de nos beijarmos na frente de uma loja fechada à uma da manhã.

Ele propôs que nos encontrássemos no outro dia, e não aceitei. Exigi que a gente transasse naquela noite mesmo.

— Vamos pra minha casa! — Eu morava em Santa Cecília e cometi o erro estúpido de marcar um encontro num lugar longe demais da minha casa.

— Não dá, estou de bicicleta...
— Será que tem Uber Bike?
— Olha... Podemos ir para a minha casa. Na bicicleta.
— Bora.

Sentei no varão da bicicleta e ele foi pedalando pelo meio das ruas de Pinheiros e dos Jardins. Quando chegamos perto do Itaim, começou a chover. Na porta do prédio dele, um edifício velho e sem nenhum vidro espelhado, caí e ralei o joelho. Gargalhávamos. Entrei no apartamento dele completamente molhada e me despi.

Transamos sem parar durante horas. Dormimos. Acordamos. Transamos mais. Ele me fez gozar desde a primeira vez, sabia exatamente onde tocar, como chupar e o jeito de meter.

E transaríamos mais. E mais.

Parecia um começo de comédia romântica, e foi. Até que descambou para um filme do Polansky.

Tomei um diazepam, entrei no Uber e fui até a casa dos meninos. Eles estavam ouvindo house e tomando gim-tônica na sala. Sentei no canto do sofá, pedi pra ouvir uma coisa bem leve, e o Tavinho me trouxe uma taça do vinho que eu gostava. Lucas disse que estava fazendo aquela lasanha, aquela que eu tinha passado a receita pra ele e que talvez não ficasse tão gostosa quanto a minha — mas ia ficar boa. A Fernanda sentou do meu lado e me deu um colarzinho que ela mandou fazer com um dos cristais que trouxemos de uma viagem para a Chapada dos Veadeiros.

Os drinks e encontrinhos de apartamento na casa dos amigos gays descolados para comer lasanha feita com queijo importado, as viagenzinhas volta e meia... Matheus adorava essa vida de classe média branca da Zona Oeste de São Paulo. E se odiava por isso. Ele me detestou porque eu era essa branca (olha só, ele também) de classe média (ele ganhava mais que eu) que tinha bons amigos (ele não tinha nenhum, o mais próximo disso era um bando de marmanjo tosco com quem ele jogava *League of Legends*) e bom gosto (antes de me conhecer, a vida dele era comer x-coração com Brahma num bar que tocava Metallica).

Mas, acima de tudo, ele invejava aquele acolhimento, se detestava por nunca ter conseguido criar um grupo de amigos que cozinharia aquilo que você gosta, te daria uma bebida boa e mandaria fazer um colar para lembrar um momento bom desses que só quem tem amigos vive.

Se parece que estou obcecada com esse homem e com o mal que ele me causou é porque estou mesmo. E não posso perdoar.

Não posso perdoar porque reservei meus sentimentos mais puros pra ele, porque não o vi como um salvador, um provedor, um pai. Eu o vi como um companheiro de aventuras. Encarava os olhos castanhos dele, aquela barba sempre por fazer e aquele cabelo preto com amor, carinho e calma. Demorei para saber, mas depois que ele chupava minha buceta e me fazia gozar de quatro e deitava na cama para que apoiasse minha cabeça no peito dele, tudo que ele enxergava era uma egoísta tóxica desprovida de propósitos, apegada a confortos, uma publicitária que ajudava ricos a ficarem mais ricos e não se imolava por causa disso.

Não é como se ele trabalhasse numa empresa do terceiro setor dedicada a construir moradias para pessoas em situação de rua, mas pelo menos ele se sentia horrível por isso e queria um dia participar de um projeto para alfabetizar crianças ou coisa assim.

Chorei um pouco no ombro da Fernanda.

A lasanha estava ótima, tão, mas tão boa que consegui comer um pedaço inteiro. Fazia dois meses que meu prato no self-service do lado de casa dava no máximo nove reais, e eu já tinha emagrecido seis quilos de desgosto.

Então fiz o anúncio:

— Meus amores, vou viajar. Vai ser meu período sabático. Preciso ficar um tempo longe de São Paulo, longe de tudo. Vamos ver aonde a vida me leva. Acho que vou para o Uruguai, para o

Atacama, não sei. O dinheiro da rescisão dá e sobra. Não levem a mal, mas não vou usar o celular quase nunca. Mando e-mail duas vezes por semana, vez ou outra dou um jeito de postar uma fotinho no Instagram. Não se preocupem, vou estar bem. Qualquer coisa volto. Vocês sabem que sei me cuidar. Quanto tempo? Uns seis, sete, oito meses. Talvez um ano. Semana que vem estou indo. A primeira parada vai ser Montevidéu.

Fui pra casa e dormi bem aquela noite. Pela primeira vez desde que aquele infeliz conseguiu me convencer de que eu era a pior mulher do mundo, senti alguma autoconfiança.

Vamos ver quem é tóxica agora, Matheus.

Matheus morava em uma kitnet velha com piso de lajotas lascadas pelo tempo. A cozinha não tinha armários, só duas prateleiras de aço cinza, uma geladeira, um micro-ondas e um fogão de acampamento de duas bocas. O computador estava sobre uma mesa feita com uma porta e caixotes de feira.

Caixotes de feira eram o tom daquela "decoração". Ele havia improvisado um guarda-roupa e um rack para a TV com vários deles.

A cama era um colchão apoiado em pallets.

Ele havia catado tudo no lixo. Não vou dizer que não via valor na engenhosidade e certa beleza em alguns daqueles móveis que eu jamais teria em casa, mas tudo bem porque a casa não era minha.

É que ele estava muito preocupado com o meio ambiente e a mudança climática. E o consumo? Comprar uma cama box e um rack de MDF vai destruir o mundo, sabe?

Tanto que, na minha casa, ele me criticaria por três dias por ter comprado uma mesa Saarinen na promoção.

— Nossa, pra que gastar dinheiro em uma mesa que tem o nome de alguém? — ele dizia, desprezando o meu gosto por luxos como ter uma mesa de jantar, um fogão de quatro bocas e um sofá confortável em que Matheus se esparramava com uma taça de vinho na mão, já que eu insistia tanto em tomar vinho... por ele mesmo, uma cachaça estava bom.

Estava enganchada demais naquela piroca para enquadrá-lo, para evidenciar o quanto era patético ele se sentir superior a mim por fazer upcycling de sucata enquanto trabalhava no setor imobiliário, logo no setor imobiliário, um dos mais arrombados do país. Preferia apenas filtrar o que ouvia, tomar meu vinho sem pedir desculpas na minha sala bonita e depois sentar na cara dele antes de dormir.

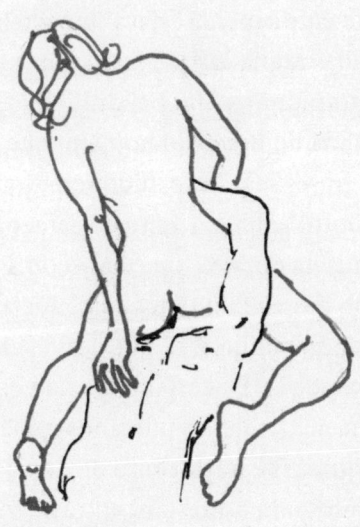

Após tomar meu café e vomitar metade, como acontecia todas as manhãs nos últimos dois meses, peguei o metrô e desci na Praça da República. Um morador de rua magro e cheirando a solvente e merda estava sentado na grama seca com as costas apoiadas numa árvore. Batia uma punheta debaixo da calça de moletom puída. Um baixinho da Guarda Municipal deu uma cacetada no braço do homem, que gritou meia dúzia de palavrões e frases sem nexo, tudo sem tirar a mão do pau. O baixinho deu outro golpe no peito do cara, e aí surgiu um loiro de dread e camiseta do MST que começou a gritar. Formou-se um burburinho em volta do mendigo, que abaixou as calças e continuou tocando punheta, só que dessa vez mostrando o pau pra quem quisesse ver. Eu certamente não queria.

Uma ativista pelos direitos humanos começou a crescer dentro de mim, e quase me uni ao loiro de dread e a uma garota de sandália de couro para protestar contra a violência do guarda. Mas aí aquele nó apareceu de novo na garganta e comecei a hiperventilar. Atravessei a rua correndo, me meti em uma loja de capinhas de celular e outras bugigangas dessas, coloquei as mãos no rosto e comecei a chorar o mais murmurado que pude.

Sumir daquela cidade por oito meses ou pra sempre não seria má ideia.

Mas meu ódio era maior do que a minha compaixão, e Matheus também não faria porra nenhuma nessa situação para proteger uma pessoa em vulnerabilidade social.

Engoli um diazepam e fui caminhando pela avenida Ipiranga até a rua Santa Ifigênia, segurando a mochila bem perto do corpo, só pela força do hábito. O celular estava em casa e o dinheiro estava em uma doleira bem escondida sob minha calça jeans.

Para não ser reconhecida, cobri a cabeça com um capuz, pus meus óculos de sol e entrei na primeira galeria de lojas de eletrônicos numa esquina da Santa Efigênia. Como sou uma mulher branca, ninguém ficou com medo. A loja tinha várias câmeras, mas muito dificilmente alguém decidiria olhar as filmagens de um lugar qualquer num dia qualquer para ver se Ana Maria Campos tinha, por algum motivo esquisito, ido comprar muitos eletrônicos caros no centro da cidade, mas eu não queria pecar por falta de precaução.

Comprei dois computadores novos, um bem baratinho e básico por mil e duzentos reais e outro, "das melhores máquinas que temos aqui, quatro conto, mas fazemos por três e setecentos se for à vista, precinho justo, você não vai encontrar melhor por aqui, se achar pode vir que a gente cobre, ah, vai pagar em dinheiro? Então te faço os dois por quatro e setecentos". Puxei a grana da minha doleira, o vendedor agarrou rapidamente e me entregou os dois laptops. Depois entrei em outra loja e comprei dois celulares chineses com bastante memória por dois mil e quinhentos reais.

Numa portinha pequena dentro de uma galeria cheia de monitores, teclados, fontes de bateria e brinquedos da Marvel para adultos nostálgicos, encontrei o que faltava. Microcâmeras e equipamentos de vigilância que cabiam na ponta dos dedos.

Era arriscado, mas Matheus não limpava a própria casa e era improvável que encontrasse os equipamentos no meio da maçaroca de fios da televisão ou escamoteados num vão empoeirado entre a pia e a parede. Telmo, o atendente, se é que era mesmo esse seu nome, era especialista em ajudar maridos e esposas traídas a pegarem seus cônjuges no pulo e também ajudava sócios a descobrirem roubalheiras nas empresas. Mas a principal motivação para a espionagem era mesmo o medo de ser corno. Ele me vendeu um pendrive com um software que me daria acesso remoto ao computador de Matheus e, por tabela, ao seu celular.

O movimento estava baixo naquele dia e, por quinhentos reais a mais, Telmo aceitou me dar lições de como arrombar uma porta sem deixar vestígios. Era surpreendentemente fácil, tão fácil quanto os filmes dão a entender. É uma ilusão de segurança muito tola a que temos quando trancamos a porta de casa.

Para O Plano dar certo, eu teria que contar com a falta de imaginação de Matheus. Ele não podia desconfiar de que havia duas câmeras escondidas em casa nem instalar alarmes ou câmeras. Eu teria que ficar de olho todo o tempo para não ser descoberta e tinha que começar com calma desde aquele momento.

Com aproximadamente vinte mil em equipamentos na mochila, agarrei-a com força e saí andando rápido até um hotel na esquina da Ipiranga. Entrei no lobby e chamei um Uber para voltar pra casa. Larguei os computadores em cima da cama e peguei o metrô de novo.

Estávamos na casa dele olhando para o teto depois de transar por duas horas. Uma poça de sangue vermelho-cereja formava uma mancha estranhamente simétrica no lençol. O DIU de cobre me fazia menstruar por oito dias, três deles com fluxo intenso. Matheus não se importava com o cheiro forte de ferro que aquela porcaria causava e admirava a cachoeira de sangue e porra que escorria depois que gozávamos e ele tirava o pau. Vermelho era a minha cor favorita. O meu telefone tocou, fui breve e respondi "Ok, às dez".

— Era a diarista, ela vai amanhã lá em casa — expliquei.

— Não te dá um pouco de vergonha ter uma mulher mais pobre limpando a sua casa?

— Quer limpar pra mim? — perguntei rindo.

Óbvio que ele não limparia. O chão estava empoeirado e fios do meu cabelo e do dele se acumulavam nas quinas das poucas paredes.

— Uma vez a Carla apareceu na minha casa em Porto Alegre com um aspirador porque não aguentou a bagunça — disse ele, rindo.

— Que otária.

Carla era sua ex-ficante. Ele não era "namorado" dela. Assim como não seria "meu namorado". Achei que ele fosse considerar invasivo e neurótico alguém de repente levar um aspirador para limpar a casa de outra pessoa. Mais que isso, achei dócil, servil e humilhante limpar a casa de um homem sem receber nada por isso — nem amor. Ele vivia sugerindo que Carla era bem mais feminista que eu.

O problema não era uma mulher limpar a casa de Matheus. Era ela ser paga para isso.

A boca dele pendeu um pouco pra baixo quando demonstrei essa desaprovação. Ele era tão preocupado em não ser machista que achei que conseguisse enxergar o problema. Só depois fui compreender que era isso que ele esperava de mim e das mulheres com quem ele se relacionava. Atos de serviço. De serviço doméstico, de serviço terapêutico. E, claro, uma das principais funções da mulher na vida de um homem: ser um bode expiatório para todas as suas culpas recalcadas.

Desci na estação da Sé e atravessei a praça rápido para escapar o quanto antes dos pregadores do apocalipse e do cheiro de merda humana seca que ficava ainda mais pungente nos dias de calor e zero umidade. Logo cheguei na Benjamin Constant e encontrei a loja de perucas na frente da qual já tinha passado por acaso algumas vezes.

Tinha cabeças de carnaval com penteado de Maria Antonieta e Marilyn Monroe, mas queria mesmo as de cabelo natural, mais realistas possível. Um homem, ao que tudo indicava gay, veio me atender.

— E aí, loira, o que você tá buscando hoje?

Achei muito estranho porque não sou loira, na verdade, sempre achei que meu cabelo fosse um castanho médio genérico qualquer, mas não ia discutir com um profissional.

— Estou procurando umas coisas bem naturais, queria variar um pouco, mas sem muita performance, sabe?

— Você ia ficar linda com uma cacheada que chegou semana passada, vou buscar.

Edson era o nome dele. Ele subiu uma escada rebolando nervosamente e olhei em volta para ver se a loja tinha câmeras.

Tinha.

Mas, de qualquer modo, meu plano teria que dar muito, muito errado para investigarem imagens de segurança de um dia ressequido de novembro em um loja de perucas do Centro.

Edson voltou com duas cabeças, uma em cada mão. Uma delas tinha uma peruca cacheada de tom meio acobreado, com uns reflexos mais claros em um fio ou outro. A outra era um castanho bem escuro, volumoso.

Ele ordenou que eu sentasse em uma cadeira e vestiu a cacheada. Um problema: ficou bonita demais. Desejei ter aquele cabelo. E isso era um problema, porque queria passar o mais despercebida possível. A outra me deixou com um ar de Jacqueline Kennedy, o que também era um problema porque acabou me deixando parecida demais comigo mesma.

Pedi que trouxesse uma parecida com a cacheada, mas em um tom mais discreto, e me alcançasse uma peruca de um amarelo-claro liso, que nem o daquelas loiras insuportáveis do prédio em que trabalhava.

Ele fez um muxoxo, decepcionado pela minha falta de ousadia, mas me entregou as perucas que pedi. As duas cumpririam meu objetivo. E custavam mil e trezentos cada uma. Quando Edson viu que eu ia pagar à vista, em dinheiro, ele abriu um sorrisão e deu duzentos reais de desconto na compra. Me entregou seu cartão e disse para voltar logo.

— Você vai ver que vai querer ousar mais! Volta pra comprar a outra cacheada comigo!

Pronto. Maeve Ferreira seria uma mulher de cabelos castanhos cacheados batendo nos ombros, com gordurinhas localizadas nos flancos e no culote, peitos um pouco caídos, nariz fino e pele bem clara. Fala pouquíssimo com sua voz de fumante.

Beatriz Schneider seria uma loira insuportável que se acha superior aos outros por causa de sua ascendência alemã. Nasceu em Santa Catarina, mas mora em São Paulo desde pequena, tempo suficiente para pegar o sotaque. Mascaria muito chiclete e teria a pele alaranjada de bronzeador artificial. Mas isso seria o máximo de trejeitos que concederia a ela; queria que ela fosse uma mulher capaz de se misturar à fauna do aeroporto de Guarulhos sem levantar suspeitas nem chamar atenção demais.

Os nomes não eram em vão. Beatriz significa "a viajante". Maeve, segundo a internet, quer dizer "intoxicante".

Saí da loja de perucas e fui dar uma volta na 25 de Março atrás de outros acessórios para Maeve e Beatriz.

Encontrei cintas modeladoras e enchimentos para fazer o shape de Maeve e algumas bijuterias douradas, incluindo um relógio de pulso meio cafona, para Beatriz. Para as duas, comprei óculos de sol grandes que cobrissem ao máximo o rosto. Em uma ótica escolhi as melhores lentes de contato, algumas cor de mel e outras de um verde opaco que não chamasse muita atenção.

A caminhada até a rua Galvão Bueno, na Liberdade, quase me fez ter noção do plano estúpido que tinha na cabeça. Minhas coxas estavam assadas porque achei que caminhar a pé no centro sujo e tomado por noias dessa cidade era uma boa ideia.

A loja de maquiagem tinha quatro andares e, alguns anos atrás, eu teria adorado me perder nela. Mas dessa vez não queria flanar. Tinha o objetivo claro de comprar bases, corretivos, paletas de contorno, iluminadores e outras bugigangas capazes de mudar o formato do meu rosto e das minhas sobrancelhas. Foram horas de pesquisa assistindo a tutoriais de maquiagem coreanos em que as moças começavam gordinhas e espinhentas e terminavam magrelas e parecidas com bonequinhas, e mais horas vendo *RuPaul's Drag Race* e pegando os principais truques das drags para se transformarem. Se aquilo era possível, tudo era. Gastei dois mil e quinhentos em kits de maquiagem profissional e mais uns duzentos em artefatos bizarros de plástico para mudar o formato do nariz.

Maeve e Beatriz estavam completas, ao menos em teoria.

As três desgraças

> And I want you
> We can bring it on the ~~f~~ floor
> You've never danced like this before
> We don't talk about it
> Dancin' on to the boogie all night long
> Stoned in paradise, shouldn't talk about it
> (Stolen Dance, Milky Chance)*

Ele estava disposto a viver experiências novas, foi o que me disse. Então o convidei para ir numa festa eletrônica em um desses lugares degradados da cidade que estavam começando seu processo de gentrificação ao fazer jovens brancos se deslocarem da Zona Oeste até a Mooca ou a Armênia para fritar ao som de house.

Matheus topou na hora — para minha surpresa, afinal, ele tinha deixado bem claro que odiava o conceito de balada. Mas isso mudaria. Ô, se mudaria.

A festa rolou num lugar à beira de trilhos ativos da CPTM. Algum drogado um dia poderia, sim, se atirar na frente do vagão, e me impressionava que isso não tivesse acontecido ainda. Era uma localidade potencialmente letal, mas muito sexy. Uma das pistas era embaixo de um viaduto por onde carros e caminhões passavam. A urbanidade feia reapropriada pela juventude descolada deixava São Paulo com a carinha da Berlim latino-americana de baixo orçamento com que tanto se esforçava em parecer.

---

* Composição: Clemens Rehbein

A iluminação dessas noitadas é pensada por profissionais para fazer o adulto inebriado pela mistura de MDMA, LSD, house ou techno (e talvez um pouco de cocaína, um tanto de maconha e uma carreira de ketamina, ou seja lá qual for a droga da moda) flutuar pelos feixes coloridos durante seu transe psicotrópico.

Lá encontramos Lucas e Tavinho. Cada um puxou um saco com duas carteiras que talvez lhes rendessem algumas décadas de cadeia. Tinha de tudo ali. Em cápsula, em pó, em cartelas.

Tomamos um ecstasy cada um e o tanto que já gostávamos um do outro naquele comecinho e éramos incapazes de dizer ficou muito evidente. Sorríamos e olhávamos no fundo dos olhos. A barba dele era tão macia e as mãos pareciam fazer parte do meu cabelo. Nos beijamos a noite toda e nos sentíamos tão especiais.

Aquela descarga de serotonina fez tudo parecer mais fácil, e, por aquelas horas em que durou o efeito, me esqueci do tanto que acordar cedo todos os dias era detestável. A falta de sentido da vida parou de me incomodar. Os feixes de luz pareciam se condensar e virar um líquido viscoso que entrava pelo topo das nossas cabeças e costurava nossos corpos em um só. Queria viver para sempre naquele momento, nunca sair de lá. Não precisar voltar para a vida real.

Quando chegamos em casa às seis da manhã, transamos sem parar. Cada lambida parecia vinte línguas. Quando ele me chupava, sentia que todo meu corpo tinha se transformado num clitóris gigante capaz de gozar sem parar. Quando ele comeu meu cu, fiquei completa, preenchida, e não faltava mais nada.

Quer dizer, faltava tanta coisa. Mas naquela hora eu estava transbordando.

B abei em cima da sacola das perucas. Pelo visto, cheguei em casa cansada de andar sob o sol, entrar e sair de lojas, circular entre a multidão do comércio popular de São Paulo, então larguei tudo na cama e deitei depois de descalçar os tênis.

Foi um telefonema que me tirou de um sonho em que o Matheus invadia a minha casa. Odeio telefonemas, caso não tenha ficado claro antes. Mas não sabia se agradecia àquela ligação por me tirar daquele pesadelo horrível ou se a amaldiçoava por não ter dado tempo ao meu inconsciente para ao menos tentar reagir à invasão. Estranho. O Matheus fez questão de ir embora da minha vida, mas nos meus sonhos ele sempre forçava a entrada nela.

Era a Fernanda. Ao contrário de mim, ela adorava ligações. Ligava quando podia mandar áudio, mandava áudio quando podia escrever uma mensagem sucinta, escrevia um textão que poderia ser um emoji.

— Ana, tá tudo bem com você?

Balbuciei que sim. Ela tinha me ligado seis vezes, eu não atendi, achou que poderia ter feito alguma besteira. Ah, se ela soubesse. Mas não, não tinha tentado suicídio; essa besteira eu não cometeria tão cedo porque estava determinada demais a destruir a vida do Matheus.

— Tô indo praí.

Ela não me deu a opção de dizer que não queria receber visitas. Como seria difícil lidar com a Nanda ao longo da execução d'O Plano. Vou chamar assim, O Plano, com maiúscula e tudo, dado o tamanho que Ele ocupava na minha vida.

Taquei as sacolas dentro do armário e tomei um banho rápido pra me livrar do ranço de centro da cidade e baba fétida... Mal tinha vestido a calcinha, Nanda bateu à porta.

— O que você vai fazer com tudo isso? Nunca vi sua casa tão organizada!

Ela estava falando do monte de caixas no canto da sala que estava arrumando aos poucos para a minha vindoura mudança.

— Vou colocar tudo em um depósito de móveis — respondi.

A Fernanda reparava em *tudo*. Se tinha um fio de cabelo grudado no fundo de uma caneca que ela não ia usar, eu ouvia um discurso sobre como passar aspirador de pó. Teria que fazer O Plano funcionar perfeitamente para escapar do escrutínio dela.

— Você já sabe pra onde vai?

— Vou mesmo passar um tempo no Uruguai.

— Não era melhor uma praia no Nordeste?

— Quero me encher de bife suculento e homens capazes de cavalgar comigo pra longe. Ver se as planícies, o vento forte, a maconha e o aborto legal me trazem paz — disse, sem saber se estava sendo cínica ou esperançosa. Mas todo cínico é um esperançoso que não tem coragem de assumir o próprio otimismo.

Ela riu e se contentou com a resposta. Foi desfazendo uma sacola de compras na cozinha.

— Falando em bife, passei no supermercado. Cozinhar vai te fazer bem.

Eu não queria comer, não queria cozinhar. Só queria me vingar.

> I want you to hold me
> Perpendicularly only
> A sundial for the gods
> We were born, born to fail
> (Lost Horse, Asaf Avidan)*

Já estávamos nos vendo ao menos três vezes por semana tinha vinte dias. Fomos a algumas baladas junto e transamos tanto que cheguei a correr para a ginecologista por causa de uma ardência um pouco forte na vagina. A médica deu uma risadinha. Óbvio que não era gonorreia. Me receitou uma pomada para assaduras.

Matheus conhecia meus amigos, e o tanto de MDMA que tomávamos em grupo fez com que ele logo desenvolvesse simpatia por Lucas e Tavinho. Não era difícil. Eles tinham assunto sobre praticamente tudo. Música, política, tecnologia. Gostavam também de esportes, mas pouco se preocupavam com as regras dos jogos de vôlei ou futebol. Eram apenas vidrados nas coxas e abdômens dos jogadores. Mas este era um assunto que eles só tinham comigo.

A intimidade entre nós crescia mais do que ambos queríamos admitir.

Uma noite me preparava pra sair e passava um ativador de cachos nos cabelos quando ele disse que "não queria que colocássemos rótulos" em seja lá o que estivéssemos tendo.

---

* Composição: Asaf Avidan

Estava tão acostumada com aquele papo vindo de homem que nem me abalei. Continuei amassando os fios e disse "ok". Por dentro, me perguntava se era carente demais e se alguma coisa em mim dava a entender que estava ansiando por um casamento. Por dentro, não sabia se estava tudo ok mesmo, se tinha medo de soar desesperada ou se meu trauma de namoro sério com um homem controlador me fazia preferir "não namoros". Por dentro, ignorava tudo que havia por dentro.

Aquela conversa se repetiria algumas vezes. Ele deixaria claro, em momentos totalmente sem contexto, que não éramos namorados, e eu seguiria fazendo o que quer que fosse sem me meter naquela discussão, porque, acima de tudo, achava ela muito chata. Aquele canto da boca virado pra baixo sempre aparecia depois dos meus silêncios, e demorei muito tempo para entender que era um muxoxo de frustração. Eu não cumpria o que era esperado de mim quando não insistia para que ele me assumisse como namorada.

Hoje sei que era uma disputa de poder em que ficávamos medindo quem se importava menos um com outro. Na época não me sentia dessa forma porque estava muito claro pra mim que eu gostava mais dele do que ele de mim. E eu fazia muito esforço para não deixar isso explicitamente claro porque não queria me humilhar ou ser feita de trouxa.

Era só quando transávamos e ele apertava meu pescoço, marcava minha bunda com os dedos e comia meu cu quando queria que eu permitia que ele tomasse todo o controle.

Existe um discurso sobre a importância da vulnerabilidade em relacionamentos porque é impossível se relacionar com pessoas tão defensivas quanto eu e Matheus. O amor só aconteceria com a abertura ao risco e com a abdicação do controle. Isso é papo de coach. As relações de poder estão sempre presentes e é quase sempre uma mulher que sai perdendo. Precisava me proteger de manipulação e garantir minha autonomia, porque ela foi duramente conquistada.

Homens tentaram me invadir o tempo todo e eu não abaixava a guarda porque, toda vez que ficava desatenta, eles se aproveitavam disso para me dominar, para sugar minha subjetividade, para fazer pouco das minhas necessidades de afeto e consumir minha energia.

Homens acham que ter intimidade com uma mulher significa oferecer livre acesso aos sentimentos deles. Era eu quem precisava processar as neuroses de Matheus e explicá-las para ele e assumir a culpa por elas e oferecer escuta e soluções para problemas que não eram meus.

Permanecer um indivíduo dentro de um relacionamento com homens é uma luta constante porque, se você não mantém o controle sobre si mesma, eles se apoderam de você e a piroca vira um dreno que suga sua paz de espírito, sua criatividade e sua vontade de viver.

Quando discursam a favor da vulnerabilidade, presumem que o outro vai achar suas fraquezas bonitas e cativantes, uma parte indissociável do universo que você é. Que vão te oferecer apoio se você precisar. Quanta bobagem. Na maioria dos casos cada falha real ou imaginada vai ser usada contra você e toda sua disposição ao amor vai ser transformada em serviços domésticos.

Oh, crawling back to you
Ever thought of calling when you've had a few?
'Cause I always do
(Do I wanna know?, Arctic Monkeys)*

P or quase dois anos fiquei esporadicamente com Vitor. Nos falávamos todos os dias trocando memes, gifs de animais fofinhos e notícias bizarras. Mas só nos víamos a cada dez ou quinze dias.

Ele fazia o possível pra deixar claro que não queria nada comigo. Sabia que ele ficava com várias outras, ainda que tivesse a consideração de não me falar. Minha autoestima de depressiva era tão baixa que achava que isso era o máximo que eu podia ter. Quando nos encontrávamos, eu estava sempre voraz por sexo.

Um dia ele me disse que o meu "problema" era que eu era obcecada por sexo e só pensava nisso, e que ele se sentia "como um pedaço de carne".

Fiquei em choque. Fazia dois anos que o escutava dizer como não queria um relacionamento sério nunca mais. Dois anos em que não cruzava os limites de afeto impostos por ele. Não entendia como ele podia querer mais que sexo quando nem sequer me dava isso na quantidade que eu queria ou esperava.

---

* Composição: Alex Turner

Mas era mentira que o visse como um pedaço de carne, e qualquer um que já tivesse me visto em um churrasco sabe disso. Era com adoração que eu olhava para uma costela assada na brasa ou um bife ancho. Poucas coisa me davam tanto prazer quanto romper as fibras de uma fraldinha e morder um pedaço de gordura crocante lambuzado na farofa.

Os churrascos de domingo da minha infância gaúcha eram momentos de abundância e fartura. Escolher os melhores pedaços no açougue, acender o fogo, posicionar o espeto na altura certa e saber a hora de tirar a carne eram uma forma de amor e cuidado dos homens e das mulheres daquela família dura e seca. A picanha suculenta e macia era o oposto daquilo que passava no dia a dia, e eu venerava cada pedacinho.

Aquele homem estava longe de ser um pedaço de carne. Ele era uma cerveja comercial bem gelada que me mantinha inebriada sem nunca satisfazer meu paladar, mas que sorvia com bastante sofreguidão quando estava disponível, porque pensava que para garotas tristes e gordas como eu não existia opção melhor.

Eu pesava sessenta e dois quilos e vestia manequim quarenta. Estava absolutamente longe de estar gorda. Mas por algum motivo todo mundo precisava me lembrar o todo tempo que eu não era magra o suficiente. Quase todos os homens com quem me relacionei se refestelavam nos meus quadris largos, mas, em algum momento, me chamavam de gorda com o intuito de me diminuir e me fazer sentir muito grata porque eles me concediam a deferência de me comer.

Nunca conheci uma mulher gaúcha que não tenha se sentindo assim em algum momento. Em terra de Gisele Bündchen, era criminoso pesar mais que cinquenta quilos. Uma das minhas principais prioridades na vida era malhar e fazer dieta, de tal modo que é uma grande vitória que em algum momento eu tenha sido moderadamente bem-sucedida no trabalho. Era cobrada pelo mundo o tempo todo. Para emagrecer, para ganhar mais dinheiro, para me vestir melhor, para sorrir mais, para ser mais doce. Me indignava que aqueles homens tão secos que afirmavam o tempo todo que só queriam transar esperassem de mim o afeto que não estavam dispostos a me dar.

Mas para Matheus meu corpo estava perfeito. As coxas duras, os peitos firmes, a bunda grande, a pele macia. Ele venerava meu cu e minha buceta. Eu olhava para ele como se fosse um pedaço de carne. Quando ele aparecia, eu abria um sorriso genuíno porque estava diante de algo de que realmente gostava. E quando mordia seu peito no meio da transa um pouco antes de gozar, sentia o mesmo prazer de quando meus dentes rasgavam as fibras suculentas de um contrafilé.

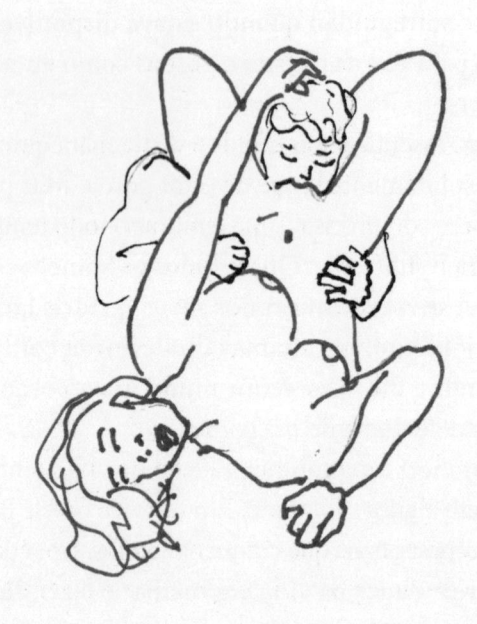

O meu grau de obsessão por segurança ia aumentando à medida que assistia a séries de *true crime* e ficções policiais. As pessoas são muito idiotas na hora de cometer crimes. A Suzane von Richtofen, que era retratada como uma jovem sagaz e perversa, tinha cometido erros dos mais básicos naquela cena de crime. Aquela porta sem sinal de arrombamento, a sala toscamente bagunçada.

Nessas séries inglesas, a fatura do cartão de crédito sempre revelava algum segredo. Por isso eu comprava tudo que precisava para O Plano em dinheiro.

Celular tem que ser utilizado com muita espertez. Não basta não usar. Você tem que usar em lugares e horários específicos, mesmo que não esteja naquele lugar naquela hora.

Pesquisas na internet, é melhor fazer longe de casa — e era pra isso que usaria o meu computador barato. Pra ir até shoppings, conectar em alguma cafeteria e descobrir como comprar documentos falsos na deep web. Sim, com bons VPNs não precisaria de tanta cautela. Mas não pecaria pela falta.

Minha atenção aos detalhes fazia o perfeccionismo de Fernanda parecer uma brincadeira de criança agora.

Escrutinava cada criminoso dos documentários de *murder porn* para saber onde tinham errado. Questionava cada truquezinho do roteiro. E isso que nem planejava matar ninguém. Não com as minhas mãos.

Gostava de ficar no meu quarto quando era criança lendo em silêncio, devorando romances policiais e thrillers cheios de reviravoltas.

Minha mãe abria a porta do quarto falando com voz estridente sobre alguma coisa. Reclamava porque eu havia passado tempo demais na internet e descontava da minha minúscula mesada. Discursava sobre como eu só estava em um colégio particular porque ela fazia questão, pois se dependesse do meu pai eu estaria na escola pública, onde diariamente algum professor faltava. Me lembrava a todo momento que a minha vó a submetia a surras constantes e que minha infância e adolescência eram muito mais fáceis que as dela. Eu não era espancada. Destilava alguma indignação com algum personagem de novela. Dizia que era pra eu estar estudando. Que, se continuasse deitada, minha postura continuaria péssima. Ordenava que eu entrasse em uma dieta imediatamente porque eu estava OBESA. Se meu cabelo estava solto, ela dizia que eu deveria prender em um rabo de cavalo. Se estava preso, ela dizia que o elástico quebraria o cabelo todo. Criticava a todo momento minhas expressões faciais. Eu estava sempre séria, devia sorrir mais. Eu valia tanto quanto as notas dez que vinham no boletim.

Eu era a criança. Eu era a filha. E não aguentava aquela mulher despejando os problemas e as frustrações dela em cima de mim, esperando que fosse o que ela não tinha conseguido ser. Quando eu precisava de acolhimento, ela respondia com mais uma cobrança.

Queria crescer e sair de lá o mais rápido possível. Meu maior desejo infantil era a independência e autonomia. Viver sem precisar de ninguém e cumprir minhas próprias expectativas. Ser criança era horrível. Ser adulta nunca foi muito bom, mas pelo menos ninguém invadia minha subjetividade o tempo todo e, assim, eu precisava apenas processar minhas próprias neuroses — pelo menos era isso que eu, tola, pensava.

F ui até o Shopping Metrô Santa Cruz e sentei numa cafeteria com internet. Acessaria a deep web do meu computador mais barato, mas não queria fazer isso perto de casa. Pesquisei por algumas horas quais eram os melhores documentos falsos de São Paulo. Alguns usuários indicaram uma pessoa que atendia pelo nome de Baron of Unknown. Enviei uma mensagem com detalhes. Disse que queria duas identidades, passaportes, um bom score de crédito. De trinta a trinta e cinco anos. Um comprovante de residência e um bom extrato bancário. Pagaria em dinheiro, sem deixar absolutamente nenhum rastro virtual.

O preço era quinze mil e incluía carteiras de motorista que eu não usaria porque não sabia dirigir. Ele garantia que eu conseguiria fazer tudo com esses documentos: entrar e sair do país, alugar imóveis e carros, até conseguir um financiamento.

Enviei para ele as fotos caracterizadas como Beatriz e Maeve, e ele disse que na semana seguinte me entregaria o "material" na estação Osasco da CPTM. Me passou uma conta de banco para que fizesse o depósito de um terço do valor à moda antiga, em envelopes, sem escrever meu nome. A conta estava em nome de um Luís Gerson Pereira Leite, que presumi ser um nome falso.

Eu precisava confiar que o cara era bom e que não entregaria o nome dele facilmente. Assim fiz.

Uma semana depois fui até Osasco pela primeira vez em oito anos de São Paulo, mas não passei muito da bilheteria do metrô. Ele tinha marcado exatamente às duas da tarde, na terceira mesa da parede à esquerda, atrás do caixa de um boteco ali do lado. Foi bem específico. As chances de eu ter tomado um golpe de cinco mil eram grandes, mas um fórum na deep web garantia que era legítimo.

Quinze minutos depois do horário marcado um homem baixinho vestindo um moletom azul com um capuz e óculos escuros disse:

— Desculpa a demora, meu bem.

Me entregou um envelope pardo e pediu que conferisse. Eram perfeitos. Beatriz era uma leonina de trinta e quatro anos, enquanto Maeve era uma escorpiana de trinta e dois. Combinava com suas personalidades. Entreguei o bolo de dinheiro, e ele conferiu sob a mesa. Deixou uma nota de vinte no bar e foi embora.

A privada do meu apartamento tinha acabado de entupir com um pedaço de cocô que não descia jamais. Grunhi e esmurrei a parede três vezes.

Não era só o desagrado de ter um cocô fedorento boiando no meu banheiro. Era saber que teria que ligar para um encanador e ouvi-lo dizer que viria no dia seguinte pela manhã, ter de negociar trabalho remoto para recebê-lo apenas para levar um toco e só ter o problema resolvido depois de dois ou três dias tendo que usar o banheiro do bar da esquina.

Matheus disse que eu era raivosa demais e me estressava por qualquer coisa. Ele não enxergava o quanto me sentia exaurida e sozinha por essas pequenas responsabilidades. Absolutamente tudo na minha casa, no meu corpo e na minha vida me exigiam constante manutenção e preocupação. Não podia abdicar desse controle porque, se não fizesse, ninguém faria por mim. Muito menos ele.

Um tempo depois ele me diria que podia contar com ele para o que precisasse. Mas nunca foi dessa forma. Nunca pude contar com a ajuda dele para resolver qualquer problema prático ou emocional da minha vida e, quando reclamava desses problemas, ouvia que me irritava com bobagens.

Deve ser um privilégio muito grande viver sem se estressar com pequenas coisas, ter a certeza de que sempre vai haver uma pessoa que perceberá o que está errado e dará um jeito de consertar sem que você nem tenha que notar.

O prédio em que Matheus morava sempre tinha kitnets podres para alugar. Isso não foi difícil. Consegui uma de trinta e dois metros quadrados, dois andares acima do dele, direto com o proprietário, que aceitou de bom grado o pagamento de seis aluguéis adiantados e mal checou meus antecedentes. Transferi para lá a minha cama, minha televisão, fogão, micro-ondas, geladeira, uma mesa dobrável, uma mesinha para a TV, uma cadeira e uma cômoda.

Fiz questão de levar apenas uma reprodução de um quadro do Miró que tinha na minha sala e uma luminária, porque precisava do mínimo de beleza e odiava luz direta.

O resto das minhas coisas foi para um depósito na Marginal Tietê.

Dream machine
Did you get everything you asked for?
Dream machine
~~Rattler~~ Rattlesnare, a charm on the dance floor
(Dream machine, Mark Farina)*

Lucas e Tavinho me chamaram para ir a uma festa em um lugar na Armênia, onde um DJ dinamarquês de house tocaria. Achei ousado um gringo aceitar tocar naquele espaço. Era compreensível o gosto por ocupar prédios estragados pelo tempo. Fábricas desativadas dos anos 1920, becos embaixo de viadutos, um andar de algum edifício comercial tomado por contadores picaretas e sindicatos. Mas todos esses lugares tinham um mínimo de segurança.

O prédio da Armênia era um convite ao tétano e à fratura de fêmur, mas com a iluminação certa e a droga adequada ficava legal pra caralho.

As escadas de concreto não tinham corrimão, e o teto sem forro tinha vários buracos e telhas prestes a cair na cabeça de algum desavisado. Vários cantos tinham montanhas de entulhos, e das vidraças sobravam apenas cacos. Não havia um metal exposto que não estivesse enferrujado.

Vesti uma legging brilhosa, tênis e uma regata soltinha sem sutiã. Quando estava praticamente pronta, antes de sairmos para

---

* Composição: Mark Farina e Sean Padrick Hayes

a festa, Matheus disse que se orgulhava por ter me ajudado a descobrir que não precisava usar sutiã. Só que ele nunca me ajudou, parei de usar porque notei que muitas mulheres já haviam se livrado daquela joça. Ele nunca teve participação nisso. Mas escutei aquela bobagem e novamente continuei passando ativador de cachos no meu cabelo. Discordar daria muito trabalho e talvez me conduzisse por um caminho em que ele iria acabar sugerindo que eu era antifeminista ou fútil ou defensiva ou tóxica ou tudo isso junto.

Naquela noite tomamos um ácido muito bom e meus olhos ficaram seguindo fascinados as luzes que ganhavam viscosidade e pendiam do teto até o chão como se fossem a lava de um vulcão avançando sobre a praia. O cheiro da barba de Matheus me fazia sentir em casa mesmo no meio daquela multidão de gente esquisita. A pele dele era macia e o beijo dele derretia que nem as luzes, se fundindo com o acid house que tocava na pista.

Anos estudando em um colégio católico me fizeram descrer de qualquer plano espiritual superior. Mas a quantidade correta de ácido te transporta para um lugar em que você pega na mão de deus e se sente entrelaçado a quem divide aquele momento com você.

Não conseguíamos parar de nos beijar e, quando chegamos em casa, transamos até pegar no sono, ele ainda dentro de mim.

Dessa vez fui para um café no Shopping Higienópolis. Centros comerciais padronizados e antipáticos eram o lugar perfeito para uma anônima permanecer anônima.

A deep web era mesmo impressionante. Pagando o preço certo você conseguia inclusive opiáceos raros no Brasil, como fentanil e heroína. Drogas como ketamina, ácido, ecstasy, MDMA, cocaína, cogumelos e qualquer medicamento controlado eram vendidas como se fosse um camelódromo. Com algum esforço, você conseguia comprar clorofórmio, que colocava qualquer um para dormir, e potássio, usado em clínicas veterinárias para eutanasiar animais agonizantes e uma das melhores maneiras de matar uma pessoa sem levantar suspeitas.

Se quisesse dar cabo de Matheus, seria muito fácil. Bastava colocar uma boa dose de remédio para dormir na água que ele deixava ao lado da cama, esperar que ele apagasse e injetar a dose certa de potássio sob a língua, ou embaixo da unha do dedão do pé. Iam pensar que ele exagerou na droga e nunca descobririam.

Mas eu não queria que ele morresse tão rápido. Nem que curtisse demais o bem-estar que drogas da família da morfina trazem.

Comprei uma boa quantidade de ácido lisérgico líquido, cartelas de clonazepam, diazepam e zolpidem, e isso foi só o início. Gastei algum tempo e dinheiro em livros de anestesiologia e percorri fóruns e mais fóruns da internet sobre o tema. Se me chamassem para assessorar uma cirurgia de roubo de órgãos, cumpriria o ofício de sedar o paciente com louvor.

Minha lista de compras:

- seringas de boa qualidade
- agulhas
- scalps
- luvas cirúrgicas
- xilocaína 2%
- midazolam
- flumazenil
- agulha para raquidiana
- bupivacaína
- clorofórmio

Algumas drogas me foram entregues por um rapaz jovem e claramente desinformado na praça Dom Pedro II. Outras recebi de uma mulher magra e arregalada no metrô Jabaquara. Um branquelo me passou os materiais anestésicos na estação Hebraica-Rebouças da CPTM — supus que ele trabalhava em um hospital e fazia um extra roubando medicamentos controlados. Aluguei um locker em um hotel bagaceiro do Centro, onde os funcionários estavam acostumados a não fazer perguntas demais se você pagasse o valor certo.

you don't know me
Bet you'll never get to know me
you don't know me at all
(you don't know me, Caetano Veloso)*

M atheus fazia perguntas demais. Eu não podia simplesmente gostar ou não gostar de alguma coisa sem racionalizar. Ele queria saber por que adorava tanto comer. Por que preferia gim à cachaça? Por que sempre preferia sentar de frente para a janela nos restaurantes? Por que não curtia bares com música ao vivo? Por que adorava viajar? Viagens pareciam um grande passatempo burguês para ele. Ele odiava pontos turísticos: que graça eu via na Torre Eiffel? Por que sonhava tanto com o Museo del Prado se podia ver todas as obras on-line? Precisava mesmo ir até a Chapada dos Veadeiros com tantas cachoeiras em São Paulo ou no Rio Grande do Sul?

— Mas por que você gosta tanto do Rio de Janeiro?

— É divertido, ensolarado, bonito, encontro amigos e sempre faço alguma coisa legal, tem praia e...

— Mas por que o Rio?

— Porque me sinto bem lá.

— Mas como assim?

---

* Composição: Caetano Emmanuel Viana Telles Veloso

Ele não entendia que certos gostos e prazeres não passam pelo filtro da razão e que algumas coisas não precisam de explicações e justificativas para serem boas. É uma chatice ser racional o tempo inteiro. Esse tipo de coisa me sufocava.

E o que era aquele vazio de que eu falava às vezes? Aquele vazio que eu sentia? Eu não sabia explicar. Só sabia dizer que preferia não ter nascido, mas, já que tinha nascido, queria me divertir o máximo possível.

Mas por quê? Isso era uma coisa que eu simplesmente não conseguia expressar. Na verdade, eu não queria falar sobre nada. Já sentia o vazio o tempo todo, não precisava ficar expondo e analisando cada milímetro do meu sofrimento existencial quando, na real, só queria esquecer que aquele buraco estava ali enquanto assistia a uma série de TV, ou flanava pela rua, ou me balançava na pista de dança, ou via uma paisagem bonita e sentia um gosto que nunca tinha sentido antes.

Esse jeito de sufocar a conversa fazia com que às vezes eu me sentisse em um tribunal. Interrogada e julgada naquele espetáculo em que ele era ao mesmo tempo promotor e juiz, e eu não tinha a mínima chance de defesa. Nada do que eu dissesse seria convincente. Mas estava lá. Eu resistia e reafirmava meu direito de gostar ou detestar as coisas apenas porque sim ou porque não. É o meu jeito de ver as coisas.

Vai ver ele só queria puxar assunto, me conhecer melhor. Mas o tempo mostraria que ele coletava informações a todo momento para jogar na minha cara no futuro.

As perguntas não eram nem de longe calorosas ou íntimas. Matheus mantinha uma distância estratégica e, cada vez que eu começava a me sentir confortável demais, ele me lembrava de que não éramos namorados, sem que eu tivesse dado a entender em momento algum que havia assumido esse rótulo. Essa carta sempre estava na manga.

Certa vez estávamos na cama, minha cabeça apoiada no peito dele, e perguntei sobre seus pais. Ele disse que a mãe era enfermeira, o pai, professor de física, e que eles se separaram quando Matheus tinha dois anos. Pedi pra que me falasse de sua infância. Ele disse que estava se sentindo desconfortável, se afastou de mim e foi até a sala dizendo que precisava de espaço. Abracei o travesseiro e preferi não tocar mais no assunto, até porque não tenho saudade nenhuma do meu passado. Ele ficou deitado no sofá assistindo *Watchmen* pela décima vez e soltando suspiros passivo-agressivos. No fim do relacionamento ele reclamaria que eu nunca perguntava o que ele estava sentindo.

No dia a dia, não havia palavras doces, presentes, gentilezas, emoções multicoloridas, apenas sexo, diversão e silêncios — alguns mais confortáveis que outros. Nosso romance era em preto e branco, diferente das nossas viagens vibrantes de droga, o que eu achava cômodo e bastante sexy.

A verdade é que me sentia bem naqueles vácuos de afeto. As lacunas me mantinham alerta e curiosa. A insegurança era meu terreno conhecido. Um homem indiferente era menos ameaçador do que um homem que se importa demais. Recebia pouco carinho e isso me deixava desejosa demais e me dava tesão. Quando não recebia amor demais, me sentia aliviada porque homens cobram com juros cada miligrama de cuidado que reservam a nós.

Parecia uma troca justa. Ele me dava pouco, e eu me sentia desobrigada a dar satisfações ou a fazer de tudo para mantê-lo satisfeito.

Não lidar com sentimentos intensos me dava a ilusão de que não seria controlada e cobrada. Como eu era idiota: a maneira mais fácil de me controlar é pela falta, pela frustração que me deixava sempre na expectativa de receber algo que não conseguia nomear. Me acostumei demais a passar fome e a valorizar cada migalha que me permitiam comer. Meu vício era nunca estar saciada. E nunca saciar ninguém.

A maior parte do tempo minha vida tinha efeito blur. Vivia no meio de uma neblina viscosa e acinzentada que não me permitia visibilidade nenhuma. E essa neblina preenchia uma câmara apertada que me pressionava por todos os lados até quase me sufocar. Isso era o lado de fora. O lado de dentro era escuro e oco como uma madeira velha.

O vácuo, diz a física, não deveria pesar nada, mas eu sentia como se tivesse toneladas. O vazio me amassava, como se estivesse pisando na atmosfera de Júpiter, achatada pela gravidade, imóvel e a anos-luz de distância de qualquer forma de vida.

Não sei quando começou, mas não me lembro de ter sido diferente.

Achava que todo mundo se sentia assim, que as pessoas fingiam amar a família, o trabalho, o casamento e a vida porque não tinham coragem de admitir para si mesmas o que se passava dentro delas. Me sentia quase especial, mais autêntica do que os normais, porque pelo menos enxergava a farsa toda.

Muitos depressivos são tomados pela sensação de vazio, mas poucos sabem explicá-lo. Ao mesmo tempo em que você se sente desabitado, muitos pensamentos fazem morada no seu corpo incessantemente.

Esses pensamentos começam na cabeça e giram. Giram e descem pelo pescoço, estacionam na garganta, querendo ser cuspidos; como são indizíveis, você os engole e eles passam pelo seu peito, pelo estômago, envenenam seu fígado, fecundam seu útero, grudam nas paredes do intestino e depois tomam conta de cada fibra muscular porque não encontram saída. Você fica entupida, recheada de frases que se atam umas às outras e ficam circulando naquele breu:

"Você não deveria ter nascido, ninguém deveria ter nascido, a humanidade é um erro, a consciência é um lixo, nenhum ser deveria ser obrigado a passar por isso."

"Nada vale a pena. Todas as almas são pequenas."

"Deixa de ser boba, alma não existe. As pessoas são apenas um saco de carne com hormônios e neurotransmissores que controlam o que elas fazem e sentem e querem. Não existe liberdade, somos presas da biologia."

"Mas talvez a própria biologia seja uma ilusão e sejamos parte de um jogo de alguém muito sádico."

"Que pueris! Não existe lógica, não existe planejamento, não existe motivo, não tem ninguém coordenando nada, o universo é caos."

"Nada faz sentido. Nascer, crescer, estudar, trabalhar, se reproduzir, envelhecer, morrer. Ninguém quer sair da cama todo dia e realizar tarefas repetitivas e dolorosamente chatas, ser confinada em um casamento, condenada à maternidade, esmagada pela cobrança da família."

"O existencialismo francês não passa de coach para depressivos. Nem Camus acreditava que era possível imaginar Sísifo feliz empurrando a pedra montanha acima."

"Até esse seu niilismo é patético. É uma crença, assim como um evangélico crê em deus. É tão cômodo pensar que não existe motivo para as coisas, que nada tem um porquê. Isso te dá uma desculpa excelente pra ficar paralisada. Niilismo é religião de ateu depressivo."

"No fundo você é uma romântica que queria que as coisas tivessem uma razão de ser."

"Todo mundo está sozinho, inexoravelmente sozinho."

"Não existe afeto que não cobra juros."

"A felicidade é uma mentira, e, se ela existe, não está disponível para você."

E isso rodava e rodava dentro de mim o dia todo.

Tem quem acuse as pessoas de buscarem sexo, droga, comida, bebida, dinheiro e produtividade para preencher o vazio. Apontam as mulheres como seres incompletos em busca de marido e filhos que se encaixem em suas insaciáveis vaginas.

Mas ninguém poderia dizer isso de mim se me conhecesse de verdade. Nunca tive a ilusão de que qualquer uma dessas coisas ocuparia algum espaço da minha oquidão. Era tudo uma distração, uma tentativa de não ter que olhar pro meu nada.

Não é que achasse que não merecia amor. Sequer acreditava que ele fosse real, possível, tangível. Amor romântico, amor materno. Tudo parecia uma grande performance cafona, farsesca, mal-executada.

No meio de todo esse caos, a única conexão genuína que eu sentia, o sopro de alegria, a parca crença na bondade, vinha dos meus amigos. A amizade era a única relação de troca. Dos meus familiares eu só sentia cobrança. Dos homens, só demandas, como se fossem bebês gigantes e eu fosse uma enorme teta na qual eles buscam alimento, como se a piroca fosse um dreno que tirasse minha energia vital pela buceta. E nunca entendia como eles conseguiam sugar alguém que era um buraco como eu.

Foram vários psiquiatras dos vinte aos vinte e oito anos. A maioria que em algum momento olhou para minha cara por quinze minutos e me disse que eu tinha depressão, então, me deu um antidepressivo qualquer do laboratório que mais premiasse com congressos e viagens internacionais. Certa vez, um deles me disse algo que me marcou:

— Para os orientais, o vazio é bom.

Foi no meio de uma viagem de ácido que entendi que meu vazio não era vazio, mas sim um grande recheio de ego e desgraça. O vazio bom do qual o psiquiatra falava é quando seu ego se dissolve e você deixa de existir: não tem passado nem presente nem futuro, você apenas é, e a neblina se dissipa e as paredes da caixa se quebram e raízes surgem das suas veias, te conectam ao mundo, então, você passa a fazer parte de tudo.

Nesse momento não tinha mais eu, mas tinha tudo ao mesmo tempo. Imaginei que a morte fosse assim. E quis estar morta tantas vezes, ainda que não estivesse disposta a fazer nada para chegar lá.

Não sei por que nunca contemplei o suicídio, por que nunca me sentei na varanda de um prédio alto olhando para o chão e desejando me encontrar com ele, por que meus cintos e cordas de roupão nunca me pareceram uma via para a liberdade, por que eu nunca pensei em engolir todos os meus comprimidos de diazepam de uma vez ou por que nunca amarrei um saco na cabeça.

O suicídio parecia a alternativa mais lógica e racional para mim.

Mas alguma coisa me prendia nesse plano, e nunca consegui saber o que era. Instinto de sobrevivência, talvez. Ou um desejo escondido e soterrado pelo meu cinismo de que toda essa névoa fosse mentira e de que houvesse mais que isso.

No fim o vazio é menos um vácuo e mais um buraco negro que absorve toda informação ao redor de si e a transforma em uma sopa densa de matéria disforme.

Não sei como consegui viver mais de 30 anos assim.

Não sei bem se amei Matheus. Talvez eu não gostasse dele, talvez fosse só um vício, uma obsessão, um apego desnorteado ao prazer que ele me proporcionava.

Porque quando a língua dele percorria minha barriga e circulava em torno do meu clitóris, quando ele cravava os dentes no meu pescoço, eu saía daquela escuridão e me via deitada em um veludo vermelho. Os únicos momentos de paz vinham naqueles segundos depois de gozar.

Um orgasmo era como uma panela de pressão que esmagava toda minha desgraça até atingir um ponto máximo e explodir. Por um ínfimo período em que aquilo tudo evaporava, eu me sentia livre. Então tudo se liquefazia de novo e escorria pro chão, e eu voltava para minha existência lastimável.

E com Matheus eu gozava sempre e muito, grandiosa e freneticamente, sem parar.

Ele preenchia todos os meus buracos por tanto tempo quanto durasse uma foda.

E quem nunca sentiu nada disso vai me perguntar:

— Por quê?

Jamais saberei responder.

O disfarce de Maeve era quente demais e eu vivia pingando de suor sob a peruca e aquelas roupas modeladoras cheias de enchimento. A base pesada se transformava em uma pasta nojenta e difícil de remover.

Fiquei sentada encolhida no boteco em frente ao prédio tomando uma água com gás com gelo e limão até ter certeza de que Matheus tinha saído para ir ao trabalho. Esperei meia hora para garantir que ele não tinha esquecido nada e sorri. O Plano começaria.

Como o prédio era velho e tosco graças à mania de Matheus de desprezar qualquer coisa que parecesse minimamente luxuosa (tipo qualquer casa que não fosse um chiqueiro), não havia câmeras no elevador ou nos corredores. Voltei para casa e logo fui para o apartamento dele com uma bolsinha de utilidades. As aulas de Telmo deram certo e consegui abrir a fechadura muito rápido, mas não sem aflição. Temia que algum vizinho me descobrisse, então fiquei atenta a qualquer mínimo barulho.

Fui até a gaveta em que ele guardava uma cópia da chave e a coloquei no bolso. Percorri o apartamento com os olhos para encontrar os lugares perfeitos para as câmeras. Escondi uma no meio de um bolo de fios no rack em frente à cama e a outra na cozinha. Assim, teria uma visão da geladeira e do quarto. Coloquei o pendrive com o software de espionagem no computador dele e fui tirar uma cópia sobressalente da chave. Depois guardei essa chave na gaveta e fechei a porta, deixando o apartamento quase como o havia encontrado.

Amo viajar, mas no momento em que entro em um avião, já quero sair. Aliás, no momento em que piso em um aeroporto, já quero sair. As filas intermináveis fazem da experiência de voar algo bovino. Me sinto um boi enclausurado seguindo rumo ao abate na hora de passar por procedimentos de segurança, de embarcar e de esperar para finalmente sair daquela lata de sardinha quando o voo finalmente termina.

Mas não tem muito jeito. Para O Plano dar certo, teria que fazer muitos e muitos voos.

Um dia depois de instalar os equipamentos de espionagem embarquei com a minha identidade real para o Uruguai e me hospedei em um Airbnb na Ciudad Vieja, em Montevidéu. Ana ficaria um tempo por lá. Eu, não.

Fiquei dois dias na cidade, dividida entre verificar o funcionamento das câmeras e percorrer o máximo possível de pontos turísticos com várias mudas de roupa na mochila.

Selfie de blusa vermelha lendo um livro da Elena Ferrante no Parque Rodó. Uma mexidinha no cabelo e vestido florido em frente ao Teatro Solis. Macacão de bolinhas em frente a uma obra de Torres García em seu museu. Batom vermelho e vestido rosa no belo pôr do sol do Faro de Punta Carretas. Sorriso sincero e uma blusa preta com um bife de chorizo jugoso no restaurante La Pulperia. Em frente à parede vermelha da Calle de los Suspiros em Colônia do Sacramento.

Entrava em lanchonetes o mais rápido possível e ia ao banheiro trocar de roupa antes de cada foto. Era bem ridículo, mas teria material o suficiente para convencer as pessoas de que estava longe do Brasil.

Antes de retornar a São Paulo, embarquei num ônibus até Chuy, na fronteira com o Brasil, onde pedi uma carona para alguns uruguaios dizendo que eu só queria dar uma chegadinha no Brasil, pegar uma praia e encontrar uma amiga. A minha aposta era de que conseguiria cruzar pelo outro lado discretamente, sem despertar muita atenção, pela pequena aduana da Barra del Chuy. Os agentes não param todos os carros que entram por ali porque o vaivém de brasileiros e uruguaios que moram nas cercanias é grande. Deu certo. Tudo estava dando muito certo. Saí do Uruguai e entrei no Brasil sem precisar mostrar os documentos de Ana.

Não queria flanar naquela cidade feia e poeirenta cujas atrações se resumiam a free shops, cassinos e uma praia sulista. Como tenho ainda menos sorte nos jogos de azar do que no amor, me restou apenas adquirir mais maquiagens e duas garrafas de Freixenet de poucos dólares para beber na piscina do hotel mais decente do entorno, até ficar bem bêbada, e só assim, então, subir pro quarto e chorar convulsivamente no chuveiro.

No dia seguinte cobri minha cara com a base laranja e gosmenta de Beatriz, vesti sua calça jeans skinny, sua blusa de microfibra imitando seda, suas bijuterias tilintantes, seu cabelo loiro, seu scarpin desconfortável e seu Rayban que cobria boa parte dos olhos, comprei mais vinhos baratos e contratei um motorista para me levar até Montevidéu. Na aduana carimbei seu passaporte com o selo de entrada em território uruguaio para garantir que ela não teria problemas na hora de voltar a São Paulo pelo aeroporto de Carrasco.

    Passei mais dois dias à deriva com uma garrafa de vinho na mão, caminhando pela cidade, entrando e saindo de livrarias e sebos, tirando mais fotos, comendo entrecôtes, contemplando a mistura magenta, violeta e laranja de um pôr do sol que se repetiu todos os dias no Rio da Prata — e eu ladeava a mureta por quilômetros, desejando que a vida pudesse ser sempre simples assim. Três lágrimas caíram na hora de deixar o céu e o vento para trás e embarcar Beatriz em um avião de volta para São Paulo.

    Enquanto Ana ficava no Uruguai, supostamente em um apartamento alugado pelo Airbnb, Beatriz aterrissou em Guarulhos e seguiu para o Kinoplex do Itaim, onde foi ao banheiro, tirou as bijuterias e a maquiagem laranja do rosto, passou base branca, vestiu enchimentos, se transformou em Maeve e foi para o apartamento no prédio de Matheus.

    Seria bastante extenuante esse vaivém. Mas a lógica era essa: Maeve permaneceria em São Paulo, Ana estaria fora do país e Beatriz ia e voltava. Ana volta e meia postaria uma foto nas redes sociais e enviaria e-mails usando VPN do Uruguai. As outras duas não precisavam existir no mundo virtual. Era difícil estabelecer alguma relação entre três mulheres tão diferentes.

> Take me now, baby, as I am
> Pull me close, try and understand
> Desire is hunger, is the fire I breathe
> Love is a banquet on which we feed
> (...)
> Because the night belongs to lovers
> Because the night belongs to us
> (Because the night, The Patti Smith group)*

No meio de tanto desgosto quase não dá para entender por que eu ficava gravitando em torno de um homem que me tratava mal, me mantinha a distância, me criticava e do qual todas as memórias boas giravam em torno de sexo e drogas.

Mas sexo e drogas são uma boa justificativa para se prender a alguém. Orgasmos e percepção alterada te deixam mais vulnerável e aberta ao outro. Os momentos que você divide quando está transando ou usando ecstasy ou transando sob efeito de ecstasy são mágicos e amorosos.

Os dois corpos flutuam em um oceano de serotonina por aquelas horas e se lambuzam de felicidade e parceria. Não importava o quanto nos esforçássemos para que o outro não ficasse perto demais, qualquer barreira era derrubada por aqueles neurotransmissores afetivos.

---

* Composição: Bruce Springsteen e Patricia Lee Smith

Só que não era só isso. É difícil ver dias de sol nas palavras tempestuosas de uma mulher magoada.

Entre as críticas ferinas e as trepadas, entre os afetos dopados, havia espaços para gargalhadas, restaurantes, cinema e maratonas de séries, mais ou menos como os casais normais faziam.

Algumas semanas eram calmas na agência, e eu trabalhava deitada na cama pelas manhãs. Na verdade, apenas respondia alguns e-mails no escuro, com o computador no colo, braços de tiranossauro rex e as escápulas tensas, os ombros quase nas orelhas.

Aparecia no escritório por volta de uma da tarde e ficava esperando a equipe de limpeza terminar de desinfetar os banheiros. Me enfiava em uma cabine e sentava no chão, com a cabeça apoiada na privada cheirando a desinfetante, e dormia de novo um sono agitado em que todas as minhas frustrações tomavam forma de gente.

Era só lá pelas duas que eu começava a efetivamente trabalhar nesses dias. Elaborar ideias estúpidas, cobrar resultados da equipe, dar feedbacks genéricos sobre artes com as quais não me importava nem um pouco. E isso se estendia até as nove, quando sobravam quinze almas no escritório.

Foi num dia desses que Matheus foi me encontrar lá para tentarmos pegar uma sessão de cinema.

Só que a perspectiva de ver um filme foi rapidamente substituída pela única linguagem afetiva que fazia sentido para nós: sexo.

Arrastei-o para a sala de reuniões e fechei as persianas. Uma lousa rabiscada de vermelho continha todos os slogans que uma equipe de quatro pessoas conseguiu conceber para um sabão em pó para roupas coloridas.

Ele me deitou em cima da mesa, levantou minha saia e enfiou a cara na minha buceta. A perspectiva de transar naquele lugar fez com que eu começasse a escorrer. E ele estava disposto a beber cada gota.

Depois ele me agarrou pelo pescoço, me fez levantar e me arrastou pelo cabelo até uma janela aberta e meteu por trás enquanto víamos o trânsito passando lá embaixo, as pessoas vivendo mais um dia ordinário.

A sala da diretora de atendimento estava aberta. Não é que eu a detestasse, eu detestava o trabalho de atendimento como um todo. Essa equipe era o muro que protegia o cliente dos rebeldes da criação e tentava traduzir com pouca imaginação os quereres do sensível pagante. É o atendimento que pede dezoito refações porque o cliente gostou muito do resultado, mas queria mudar tudo.

Desci a saia e puxei Matheus pela mão até lá. Ele me deitou na mesa de vidro, pôs minhas pernas sobre os ombros dele e comeu meu cu enquanto eu mergulhava os dedos na minha buceta e esfregava meu clitóris até gozar.

Foi muito prazeroso foder no lugar que me fodia todos os dias.

Naquela época suas críticas eram mais sutis e eu ainda superdimensionava cada pequeno ato de afeto. O jeito como ele pegava uma mecha do meu cabelo e colocava atrás da minha orelha, beijava minha boca e me olhava com cara de gato manhoso. A maneira como ele pegava minha mão, entrelaçava os dedos nos meus e ria de todas as minhas piadas, às vezes levando a outra mão até a testa, olhando pra baixo e sacudindo um pouco a cabeça.

Descemos gargalhando pelo elevador e andamos de mãos dadas pela rua sentindo um vento abafado, como se nada mais importasse até chegarmos à casa dele, nos despirmos e assistirmos a quatro episódios de *Stranger Things*. Ele adorava ficar do meu lado até que eu pegasse no sono e tremesse antes de apagar de vez. Ainda dava tempo de sentir um beijo na minha testa antes que ele decidisse dormir.

A partir do programa instalado no computador, tive acesso também ao celular do Matheus. Todas as conversas de WhatsApp, os e-mails, os compromissos, o histórico do Google, o trajeto que fazia no dia a dia. Todos os matches do Tinder e do Bumble — com mulheres de cabelos castanhos acima dos ombros, tatuagens, óculos e óbvias tendências depressivas, exatamente iguais a mim. Tudo bem, essa descrição abarca quase todas as mulheres da Zona Oeste de São Paulo.

Ele falava banalidades com Letícia. Conversava com Mariana sobre músicas eletrônicas que só conheceu por minha causa. Se encontrou duas vezes com Aline, mas ela embarcou para fazer um mestrado na Cidade do México e não deu mais papo, ainda que em algumas noites entediadas enviasse nudes mal-enquadrados e fora de foco que ele respondia com o emoji babão.

Percorri o bate-papo dele com a mãe e com o pai. Eram lacônicos e pouco afetivos, e em seis meses devem ter se falado no máximo vinte vezes. Não julguei tanto, porque também não falava muito com os meus pais.

Observei sua rotina. Costumava acordar às oito e não tomava café. Jogava *League of Legends* até as dez e ia para o trabalho, de onde saía por volta de uma da tarde para correr no Ibirapuera por uns quarenta minutos, escutando um podcast sobre cosmologia que consistia em três californianos que claramente passaram a vida mergulhados numa sopa primordial de maconha e sol e, talvez por isso, previam um futuro brilhante para a humanidade se nos lançássemos à exploração do espaço e adotássemos uma cultura baseada no afeto.

Pouco antes das duas ele passava em casa, tomava banho, comia num boteco pavoroso da esquina, voltava à firma e só saía de lá por volta das nove e meia. Não é que ele trabalhasse esse tempo todo, é que startups criam um ambiente em que você é seduzido a passar o dia inteiro no escritório. Ele dormia, jogava pebolim, passava três horas em uma sala de reunião trocando ideias bestas que nunca se tornariam nada útil para a sociedade com mais meia dúzia de homens brancos. Para quem ficasse além das nove, a empresa pagava um jantar — quase sempre um delivery de hambúrguer.

Ele chegava em casa lá pelas dez da noite. Se estava muito quente, tomava um banho. Às vezes jogava *LoL* por mais uma ou duas horas. De vez em quando lia algum livro de fantasia ou ficção científica.

Por volta das onze ele ia até a geladeira e tomava ou uma lata de Coca-Cola ou um Toddynho. Pouco depois da meia-noite deitava na cama. Assistia uma série ou pegava no sono minutos depois.

O Toddynho noturno era minha melhor aposta. Com uma boa agulha afiada e fina, conseguiria fazer um furo discreto na caixinha e inserir as drogas necessárias. Se fosse noite de Coca-Cola, não tinha muito jogo. Ele dava umas bebericadas na garrafa de água que mantinha ao lado da cama, e essa seria uma boa forma de administrar laxantes.

É estranho analisar a rotina de outra pessoa tão de perto. Tudo parece tão sem graça, repetitivo e sem emoção. Espiões da CIA devem morrer de tédio.

Quando estávamos ficando havia quatro meses, o síndico do prédio de quatro andares em que eu morava decidiu que, por questão de segurança, o interfone não abriria mais o portão do edifício. Os moradores teriam que descer para receber seus convidados.

Fiz cópias das chaves e entreguei apenas a do portão para Matheus. Ele disse que, se eu não desse a chave do apartamento junto, não fazia sentido e ele não queria.

Em um dos momentos mais otários da minha vida, eu simplesmente entreguei pra ele — ele, aquele cara que fazia questão de frisar toda hora que não tinha um relacionamento comigo — a chave da minha casa.

Ele entrava e saía, chegava e ia embora.

Na casa dele eu tinha "direito" a uma latinha da Hello Kitty para deixar as "minhas coisas", que no caso eram um delineador e um protetor solar facial.

Até hoje não me perdoo por ter sido tão besta.

Mas era a metáfora perfeita do nosso desamor: ele tinha cada vez mais acesso ao meu território, enquanto eu não podia ocupar espaço nenhum.

> At first, when I see you cry
> Yeah, it makes me smile
> Yeah, it makes me smile
> At worst I feel bad for a while
> But then I just smile
> ~~I go~~ I go ahead and smile
> (Smile, Lily Allen)*

Depois de passar dez dias observando o cotidiano de Matheus, tendo visto inclusive ele fazer um sexo bem sem graça com uma tal de Camila, que não soltou um gemido sequer, me atrevi a começar a parte mais ousada da aventura.

Enquanto ele estava no trabalho, fui até a casa dele e batizei os três Toddynhos que estavam na geladeira com midazolam, usando uma seringa de agulha fina.

Cheguei a pensar em usar o xarope infantil de midazolam, que combinaria tanto com esse método de administração. Mas preferi a confiável versão hospitalar. Em poucos minutos ele estaria dormindo.

Naquela noite, vi pela câmera quando ele tomou seu Toddynho das onze e fiquei observando o que aconteceria a seguir. Como era de se esperar, ele sentou em frente ao computador e começou uma partida de *LoL*. Os olhos começaram

---

* Composição: Darren Emilio Lewis, Donat Roy Jackie Mittoo, Iyiola Babatunde Babalola e Lily Rose Beatrice Allen

a pesar e ele quase caiu indo até a cama, onde deitou e fitou o teto até apagar. Se ele me visse antes de dormir, não lembraria porque a droga causa amnésia anterógrada. Desci a escada do prédio com a peruca de Maeve e um roupão com capuz. Silenciosamente entrei no apartamento dele e fiquei nua, usando apenas luvas cirúrgicas.

Com cuidado e bastante medo de errar, cravei uma seringa com 10 ml de xilocaína nas laterais do pescoço, atingindo o plexo braquial dos dois lados, logo abaixo da pele, na fenda entre os dois músculos do pescoço que aprendi a identificar nos atlas de anatomia. Depois mais duas em cada lado da virilha, logo acima do nervo femoral, que facilmente identifiquei sentindo o pulso da artéria que passa ao lado. Administrei três gotas de LSD sob a língua dele. Sentei num canto do cômodo, nervosa. Uma boa compressão com gaze e gelo garantiu que nenhum hematoma seria visível.

Muita coisa podia ter dado errado, e talvez desse, apesar dos muitos vídeo-tutoriais de anestesia que eu havia assistido.

A xilocaína, se administrada corretamente bem acima desses grandes nervos, paralisaria seus braços e pernas por até 120 minutos. Escolhi uma veia do braço dele e puncionei com um scalp. Se ele começasse a se mexer, usaria mais midazolam intravenoso que havia deixado em uma seringa de emergência. Em último caso, poderia usar o clorofórmio que mantive o tempo todo escondido sob as luvas.

Tomei um diazepam e torci para que aquela crise de ansiedade passasse logo. Ela mal tinha arrefecido quando prossegui.

Dei-lhe uma dose de flumazenil intravenoso, que servia de antídoto para o midazolam. Ele despertou, zonzo, já com as pupilas dilatadas. Coloquei uma seleção de goa trance na caixinha de som. Era horrível, mas com ácido funcionava bem. Então liguei uma lanterna estroboscópica e fiquei indo e voltando do corredor, como se aparecesse e desaparecesse do quarto. Às vezes, eu rastejava pelo chão.

Alguns minutos depois, me ajoelhei do lado dele e sussurrei no seu ouvido:

— Matheus, tu destrói tudo aquilo em que tu encosta. Teu desejo de tornar o mundo o lugar melhor é tão fajuto quanto tuas reuniões de trabalho. Lembra aquela vez que tu matou o coelhinho que tua mãe te deu? Ele era tão branquinho e simpático, mas tu não podia ter um bichinho de estimação como toda criança normal. Os olhinhos dele pularam pra fora enquanto tu afogava ele naquela banheira de água quente. É assim que tu age com as mulheres... Tu é um psicopata, Matheus.

Ele tinha tido um coelho, sim, e ele morreu quase que exatamente assim, mas não era uma banheira, era uma panela.

— A orelha dele era tão rosinha e as patinhas tão macias. Tobias era o nome. E ele saltitava tão feliz pela grama. Mas você o esmagou até que ele cuspisse sangue. — Nesse momento espalhei um pouco de têmpera vermelha nos seios e fiz um rastro de tinta sob meus olhos. Minhas conversas com ele eram sempre esse misto do "tu" gaúcho com o "você" a que São Paulo havia me submetido.

— Lembra daqueles gatinhos filhotes que você catava no terreno baldio? Como pegava os cadarços dos seus tênis e amarrava as patinhas deles? E depois apertava a corda com força em volta do pescoço dos bichinhos? Um deles tinha o pelo dourado e era o favorito da vizinhança...

Ele me confidenciou tudo isso uma noite quando estava um pouco bêbado e disse que, após aquilo, o pai achou que ele tinha transtorno de personalidade antissocial e o levou no psiquiatra, que depois de algumas sessões concluiu que era só uma fase. Fato é que, depois de velho, ele manteve o hábito de amarrar — no caso, mulheres, e disso nunca reclamei.

Mas por que continuei com um cara depois de ele me confidenciar crueldade animal e sinais de psicopatia na infância? Acho que foi mais uma daquelas coisas que ouvi mas deixei passar em branco para não embaçar as lentes da paixão deslumbrada que sentia por ele.

— Você consumiu a minha alma, Matheus. E ela vai voltar do inferno para consumir você.

Tudo aquilo durou uma hora e vinte minutos.

Injetei um pouco de midazolam, retirei o scalp, pus algumas gotas de laxante na garrafa de água e fui embora sorrateiramente para meu bunker. De lá, usei o acesso remoto ao computador de Matheus para fazer algumas compras. Arquivei os e-mails de confirmação de pedido e os desarquivaria no momento certo.

Tomei um stillnox e coloquei dois patz sob a língua, mas nem vinte miligramas de zolpidem me fizeram dormir logo. Foram duas horas de desespero e euforia. E um pouco de culpa. Pensei se ele era assim tão ruim a ponto de justificar aquilo tudo. Mas repassei as coisas na minha mente pela milésima vez e concluí que era até pouco.

> I am the passenger
> I stay under glass
> I look through my window so bright
> I see the stars come out tonight
> I see the bright and hollow sky
> Over the city's ripped back sky
> And everything looks good tonight
> (The passenger, Iggy Pop)*

A classe média ilustrada de São Paulo considera coisa meio chique desprezar carros. É fácil quando você mora em uma região central com acesso ao metrô ou a corredores de ônibus ou ganha o suficiente para pegar Uber de vez em quando. Você ganha mais pontos na escala cool se dispensar qualquer veículo que solte fumaça e adotar a bicicleta.

Apesar de ser uma forasteira, alguém que cresceu longe da parte alta da classe média alta, me adaptei muito rápido a essa noção de elegância pós-moderna porque nunca aprendi a dirigir. Desprezava a obsessão que meu pai e meu irmão mais velho tinham com automóveis, como se os pênis deles perdessem seis centímetros se ficassem sem veículo próprio, e sempre gostei de fazer o máximo possível a pé, mesmo que volta e meia precisasse xingar algum homem sem noção que me assediava.

---

* Composição: James Newell Osterberg e Ricky Gardiner

Mas um rolê de carro pela madrugada pode ser bem legal. E um dia Matheus me fez uma surpresa. Alugou um carro com teto solar para "andarmos por aí". Ele cheirou um pouco de cocaína e me deu MD e meio ácido. Disse que queria que eu curtisse a vibe enquanto ele dirigia, e nenhum de nós era irresponsável o suficiente para achar razoável dirigir sob efeito de psicodélicos ou serotoninérgicos.

Ele colocou uma playlist com músicas do The Smiths, Iggy Pop, Rolling Stones e Bob Dylan que escutávamos juntos, além de alguns dos meus favoritos de house como Massimiliano Pagliara, Bicep e Mark Farina. Não era uma combinação musical das mais joviais ou brasileiras, mas estava me divertindo muito.

Ele passou primeiro pela General Olímpio da Silveira, onde vimos os grafites nas vigas do Minhocão, que estava fechado para carros àquela hora, impedindo a contemplação dos painéis dos prédios. Depois ele seguiu para os arredores da Luz. Quando pus a cabeça pra fora do teto solar, consegui ver muitas estrelas no céu paulistano (aproximadamente cinquenta, o que pra São Paulo é quase um quadro do Van Gogh). O vento batendo na minha cara chapada e ativada por tantos neurotransmissores causadores de bem-estar me trazia uma sensação de paz, amor e alegria tal que abstraí o cheiro de esgoto e me senti parte de uma obra de arte. Ele passou bem devagar perto de um grafite do Daniel Melim que adoro. Parece uma colagem de quadrinhos antigos com toques de Lichtenstein. Dali ele entrou na Vinte e Três de Maio e fomos apreciando os painéis da avenida.

O ácido tinha começado a bater e as cores dos grafites iam derretendo, se juntando à obra do lado, e depois à outra e à outra e à outra até formarem um tentáculo que emendava na faixa de segurança e também na luz dos sinais de trânsito. Ríamos muito. Passamos pelo meio do Paraíso, percorremos a Paulista e ele foi até o Beco do Batman, onde a gente passou bem devagar pelas vielas.

Em termos de arte urbana, não acho o Beco do Batman tão sensacional, mas andar por ali de madrugada naquele estado me fez sentir como a curadora de uma grande exposição a céu aberto na qual todas as obras se movimentavam e as árvores soltavam fogos de artifício das folhas.

Descemos do carro, deitei no capô e ele me masturbou até que eu gozasse. Então fomos pra casa dele quando o dia começava a raiar, transamos e dormimos juntos até o meio da tarde.

A primeira incursão na mente de Matheus tinha dado certo. Ele pesquisou sobre pesadelos, alucinações, doenças mentais. Passou horas em um fórum do Reddit sobre flashbacks de drogas psicodélicas. Naquela semana, não conseguiu correr no parque porque a diarreia estava muito forte.

Reforcei a mensagem do coelhinho e dos gatinhos nas duas noites seguintes, de forma um pouco menos colorida e mais sutil. Os espetáculos visuais seriam mais raros para não fazer com que ele desconfiasse demais.

Um dia depois do último Toddynho batizado dessa leva, a caixa de coelhinhos chegou e ele abriu quando chegou do trabalho. Fiquei assistindo pela câmera enquanto ele puxava as pelúcias uma por uma. Alguns eram rosa, outros azuis e mais uns amarelos. Nesse momento, recoloquei os e-mails da loja na caixa de entrada do Gmail. Ele pesquisou sonambulismo no Reddit e ficou algumas horas lendo relatos absurdos, como o de um homem que comprou duas girafas na deep web e recebeu os animais no seu sítio quatro semanas depois.

Ele tentou visitar minhas redes sociais sem sucesso, porque estava bloqueado. Criou um fake, mas as contas estavam fechadas. Começou a redigir uma mensagem para Fernanda perguntando como eu estava, mas desistiu.

Matheus não comentou sobre isso com ninguém. Nem pelo WhatsApp e nem pessoalmente. As conversas que ouvi pelo microfone de seu celular eram absolutamente anódinas. No máximo disse a um colega de trabalho que estava mal do estômago. Fiquei me perguntando se ele me contaria se algo assim tivesse acontecido enquanto estávamos juntos.

Entrei no apartamento de novo e coloquei doses pequenas de midazolam nos Toddynhos que estavam na geladeira para que a sensação de estranhamento e sonolência não sumisse totalmente nos próximos dias.

Depois dessa primeira fase bem sucedida, voltei ao Uruguai com a identidade de Beatriz.

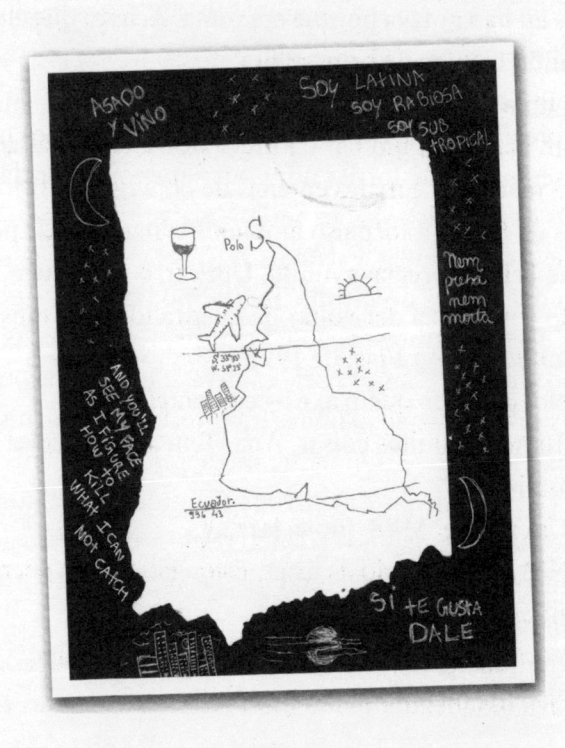

Não sei dizer quando as agressões verbais começaram, mas meu perspicaz amigo Felipe disse que elas sempre estiveram lá e eu não notava porque era tonta. Achava que ele estava implicando comigo de brincadeira.

Em uma das primeiras vezes que saímos juntos, encontramos com Felipe em um bar da Praça Roosevelt decorado com bonecas macabras e mais centenas de objetos aleatórios combinados de forma a tornar o ambiente o mais kitsch possível, algo que Felipe apreciava muito. Um carro um pouco fora de contexto começou a dar voltas na quadra tocando músicas do disco *Banda Eva Ao Vivo*, de 1997.

— Nossa, como odeio axé — comentei.

— Tu odeia muitas coisas, Ana. Tem alguma coisa de que você goste?

— Um monte: MPB, indie, jazz...

— Não estou falando de listas. Estou falando da energia que tu põe no mundo!

— Você curte axé, Matheus? — perguntou Felipe.

— Não me incomoda...

— Sério, você não tem cara de quem gostaria de um carnaval em Salvador. Parece mais ambientado em um show de metal na Barra Funda — Felipe continuou.

— Não se trata disso, é que a Ana tem um jeito meio tóxico de falar mal de tudo! Você não acha a Ana tóxica?

E eu ali, olhando tudo e achando meio engraçado.

— Pra mim não, ela no máximo é tóxica pra ela mesma — finalizou meu bom amigo.

Naquela noite chegamos meio bêbados em casa e arrancamos nossas roupas. Ele me mandou ficar de quatro na cama e me deu quatro cintadas antes de começar a chupar o meu cu. Depois ele me virou como um saco de batatas e me comeu enquanto apertava meu pescoço e cuspiu na minha cara quando estava gozando, depois, gozou na minha cara toda. Foi ótimo.

> Carnaval, desengano
> Deixei a dor em casa me esperando
> Esgritei E brinquei e gritei e fui vestido de rei
> Quarta-feira sempre desce o pano
> (Sonho de Carnaval, Chico Buarque)*

Alguns meses antes de Matheus entrar na minha vida, fui feliz no carnaval do Rio de Janeiro por uma semana. Pelo quarto ano consecutivo decidi fugir do esforçado porém pouco carismático carnaval de São Paulo e embarquei em um ônibus à meia-noite. Jamais deixo minha mala no bagageiro quando vou ao Rio. Em feriados grandes, você fatalmente se verá preso na avenida Brasil a cerca de dois quilômetros da rodoviária. Uma fila de ônibus aguardará resignadamente por uma vaga de desembarque. Os passageiros reclamarão, o motorista responderá que não deixa ninguém sair, muito mal-humorado. Até que ele vai dar uma chance:

— Tá bom, quem não tem mala no bagageiro pode descer do ônibus e ir caminhando até a rodoviária! Não posso abrir lá embaixo não!

E aí quem pode coloca a mochila nas costas ou sai arrastando a malinha, bem rápido, apressado e com medo sob o viaduto, até finalmente chegar ao destino final e ter a oportunidade de ser enganado por um taxista (se conseguir encontrar um táxi

---

* Composição: Chico Buarque

vazio). Sempre dá pra pegar um ônibus urbano e, desde o incrível avanço tecnológico que foi a instalação de um veículo leve sobre trilhos, você também pode entrar numa longa fila para comprar seu bilhete e desfrutar de uma viagem relativamente rápida até o metrô da Cinelândia.

Mas aí você olha as montanhas, o mar e o céu quase sempre azul e esquece do perrengue.

Fiquei na casa de Patrícia, uma ex-colega da agência de publicidade que tinha decidido seguir seu sonho de ter uma carreira no cinema. Ela conseguiu, e por isso trabalhava ainda mais e em condições mais precárias que na época de publicitária.

Tavinho e Lucas tinham chegado na cidade três dias antes e se hospedaram em um hotel em Botafogo. Felipe desembarcou de avião algumas horas depois e se juntou a nós na casa de Patrícia. Era a primeira vez que a gente conseguia convencê-lo a abdicar de seu mau-humor habitual e se render ao carnaval.

Naqueles dias, esquecíamos o desgosto de trabalhar para sustentar nossa vida em cidades grandes, caras e hostis. Era como se um véu de alegria e descompromisso despencasse do céu e impedisse que os mosquitos da vida contemporânea esfolassem nossa pele. Por cinco dias, um apocalipse zumbi festivo tomava conta dos millennials desiludidos, que eram tragados por uma multidão fantasiada e brilhosa que vagava pelas ruas atrás de cerveja gelada e de fanfarras que tocam as mesmas músicas de sempre, intercalando com uma ou outra canção do momento.

Gostava da minha fantasia clássica de melindrosa — uma saia de franjas, uma blusa de alcinha preta, peruca chanel e adereços —, devidamente confortável e bonita. Patrícia se cobriu de folhas de plástico e glitter numa tentativa de se transformar em alguma planta bioluminescente. Para Felipe não restavam muitas opções além de uma polêmica fantasia de indígena que hoje em dia seria passível de cancelamento nas redes sociais. Um cocar, uma faixa vermelha nos olhos e um gole na garrafa com MDMA o deixaram muito engraçado.

Naquele dia percorremos as ruas do Centro em zigue-zague e percebi que a melhor imagem para o conceito de resignação é o olhar de quem está em casa vendo o bloco passar com toda sua barulheira, deixando um rastro de mijo, latas de Antarctica e garrafas de Heineken. A apoteose era sempre no vão do Museu de Arte Moderna, altura em que todo mundo já estava bêbado o suficiente para se envolver com seja lá qual fosse a música que a banda estivesse tocando.

Nós pulamos, rimos, depois nos sentamos perto das palmeiras do Aterro e ficamos olhando o Pão de Açúcar, sentindo a brisa bater no rosto.

— Tá te divertindo, Felipe?
— Sim, até que tá legal.

Ele sorriu e bati uma das fotos mais engraçadas de todos os tempos. Os olhos brilhantes, os dentes brancos de filho de dentista quase todos à mostra, a maquiagem torta, as penas em volta da cabeça.

Começamos aquele bloco às 7h30 e ficamos nele até umas 18h, quando já não aguentávamos mais. Patrícia estava competindo com sua mais recente chefe Gláucia para ver quem permanecia mais tempo se arrastando na multidão. Pelo que sei, terminou no meio da praia de Botafogo às 2h.

Quando voltava com Felipe para o apartamento, na Senador Vergueiro, ele escorregou e caiu em cima de um caco verde, que entrou na panturrilha e fez um corte profundo e sangrento. Automaticamente tirei a blusa e fiquei de biquíni. Improvisei um torniquete, parei um táxi e mandei tocar para o pronto--socorro mais próximo.

— Será que precisa? — ele perguntou.

— Se tu não quiser morrer de tétano, sim. Tu já viu como é tétano? Dá espasmos no corpo todo, até você chegar numa posição em que só o topo da tua cabeça e os teus calcanhares tocam no chão. Teu rosto se contrai de um jeito absurdo.

Mostrei pra ele a pintura de um homem na posição de opistótono, de um tal Charles Bell. Era um cara contorcido pelo tétano, formando um arco do terror com o corpo.

— E também sempre dá pra tu pegar uma infecção bacteriana, gangrenar e perder a perna.

— Tá bom.

Sei ser muito persuasiva.

Depois de uma antitetânica, quatro pontos e uma receita de antibiótico que ele misturaria com álcool o carnaval inteiro, fomos pra casa descansar antes de acordar na manhã seguinte para mais um dia nos arrastando pelas ruas.

Nunca superei aquela foto do Felipe fantasiado de índio bêbado e a coloquei como plano de fundo do meu celular. Quando estava triste demais, o que acontecia com bastante frequência, olhava pra tela e ria.

No aniversário dele, pouco antes do carnaval do ano seguinte, decidi fazer uma festinha de apartamento. Comprei garrafas de vinho, feijão vermelho, cogumelos, carne, abacate, pimentões, coentro, tortilhas de milho, nachos e mais tudo que fosse necessário para fazer o melhor jantar mexicano possível.

E não era uma festa de apartamento com jantar mexicano apenas. Era um baile de máscaras.

Imprimi fotos de Felipe, fiz furos no lugar dos olhos e distribui para os convidados, umas dezoito pessoas naquela noite. Todo mundo posou ao lado dele, com o rosto dele, e tivemos o melhor ensaio fotográfico de nossa história.

Sua cara bochechuda ficou especialmente interessante com os cabelos dourados e os olhos esverdeados de Fernanda. Em um momento, nos unimos ao redor de Felipe e colocamos as máscaras e o resultado foi uma foto engraçadíssima que ele usa até hoje no WhatsApp.

Matheus estava conosco aquele dia, e, em seu vegetarianismo intermitente, não se furtou de comer chilli com carne. Todo mundo se empanturrou e voltou para casa rindo e querendo planejar mais um aniversário.

Quando Felipe bateu a porta atrás de si para ir embora, tive que ouvir de Matheus:

— Você faz muito bullying com o Felipe.

> No more tears my heart is dry
> I don't laugh and I don't cry
> I don't think about you all the time
> ~~And~~ But when I do I wonder why
> you have to go out of my door
> And leave just like you did before
>
> (Reckoning song, Asaf Avidan)*

O Plano consistia em endoidecer Matheus por no máximo uma semana e então voltar ao Uruguai para manter a narrativa de que eu estava morando lá e que qualquer aparição minha em um kitnet do Itaim Bibi seria alucinação. Na primeira semana de emaluquecimento, repeti o procedimento mais uma vez, insistindo na temática da crueldade animal que ele pretendia evitar na idade adulta por meio de um vegetarianismo inconstante.

Em outras duas noites, administrei apenas midazolam + flumazenil + rohypnol + midazolam em uma sessão bem mais curta. Ele dormia, acordava confuso e suscetível e depois dormia de novo. Convinha não exagerar.

Decidi alugar uma cabana em Carmelo, uma cidade a duzentos e quarenta quilômetros de Montevidéu banhada pelo Rio da Prata e cercada por vinhedos. Nunca havia pisado lá, mas as fotos daquele pôr do sol e das parreiras de uva me chamaram. A casa ficava em uma ruazinha de chão de terra, era um pouquinho isolada e tinha um quintal grande com churrasqueira — na verdade uma parrilla — e um espaço para acender uma fogueira. Tinha uma lareira na sala e um fogão à lenha na cozinha. Achei aconchegante ter acesso a tantas oportunidades de incêndio.

---

* Composição: Ran Nir, Ori Winokur, Yoni Sheleg, Roi Peled, Hadas Kleinman e Asaf Avidan

Logo que cheguei, comprei uma scooter para me locomover pela cidade quando fosse necessário.

A casa era uma graciosa mistura de alvenaria, madeira e vidro com uma decoração despretensiosamente campestre que lembrava a casa dos meus avós paternos em Bagé. Não sabia se aguentaria muito tempo lá, naquele lugar calmo e poeirento. Mas no primeiro fim de tarde o céu se tingiu de um laranja quase irreal para logo depois dar lugar a um céu azul-escuro cheio de estrelas brilhantes que fazia o cair da noite em Montevidéu mirrar.

Enquanto o céu se tingia, uma dupla de cães corria à minha volta e quase me derrubaram quando levantei do banco para lhes jogar um graveto. A cachorra preta com o peito branco e uma manchinha do formato da América Latina na nuca era visivelmente mais esperta e quase sempre alcançava o pedaço de madeira antes. O macho era um estopinha com patas gigantescas e corria desajeitadamente, chegando atrasado para começar uma disputa cheia de rosnados pelo brinquedo, até que um deles desistisse e o outro trouxesse o graveto de volta pra mim.

Sorri genuinamente pela primeira vez em muito tempo.

Quando voltei para a cabana, eles me seguiram e deitaram no quintal. O vizinho me disse que não tinham casa nem nome, eram "do lugar" e que os moradores sempre os alimentavam. Mas eles pareciam ter encontrado um lar. Dormia e os cachorros estavam em frente à porta dos fundos. Acordava e eles estavam lá. Ia até a orla e eles me seguiam para brincar. Comprei ração, dois potes e dei a eles o nome de Lola e Lelé porque não consegui pensar em nada mais adequado.

Cada vez que eu ia a São Paulo, deixava um dispensador de ração cheio e sempre que eu voltava eles estavam lá e me recebiam com saltos, latidas e lambidas. Não conseguia pensar em uma existência mais plena e feliz do que a de um cachorro uruguaio que podia correr para todos os lados e ser regalado com sobras de churrasco.

> So we're bound to linger on
> We drink the fatal drop
> Then love until we bleed
> Then fall apart in parts
> (~~Until we bleed, Kleerup f~~
> (Until we bleed, Kleerup feat Lykke Li)*

Um dia fomos numa festa de techno num prédio antigo abandonado no Centro. Tinha um jovem tatuador ainda precisando aprender muito do ofício treinando suas habilidades em uma menina que parecia ter dezessete anos ao lado de uma poça de água parada. Agradeci por não ter mais essa inocência juvenil que te leva a tomar atitudes um tanto estúpidas demais apenas para ter histórias pra contar. Ok, alguns meses antes tinha acordado meio eufórica, corri para o primeiro estúdio de tatuagem que vi na frente e fiz um quadro do Rothko na costela. Talvez não tivesse tanto assim para agradecer.

Tomamos um pouco de MD diluído na água e estávamos na curtição habitual quando Tavinho puxou um saquinho de cocaína da carteira.

Disse que não usaria porque cocaína me faz explodir de ódio. Desperta o pior de mim e não consigo pensar em nada além de agredir qualquer pessoa que atravesse meu caminho. Matheus me estimulou a tentar apenas aquela vezinha, pra ver se dava certo.

---

* Composição: Kleerup Andreas Per, Zachrisson Lykke Li Timotej e Karlsson Mikael Johan

Bem, como era de se esperar, fiquei irritadíssima e meus punhos se cerraram de tanto que tentava manter o controle.

Deixei a pista e fui até a área de fumantes, onde um homem colocou a mão na minha cintura para me oferecer um vidro de poppers. Talvez ele não quisesse me assediar e estivesse apenas pegajoso demais por causa do MD, mas o sangue me subiu à cabeça e o empurrei, dizendo que não tocasse em mim. Naquele momento Matheus apareceu e me puxou pelo braço, dizendo que eu era agressiva demais.

— Poxa, Matheus, desculpa, avisei que pó não bate bem em mim...

— Acho que ele só revela uma coisa que você já é.

Fui até a janela respirar um pouco e pensei que ele devia estar certo. Aquela raiva toda não vinha do nada, era algo que existia dentro de mim. Ele era um cara tão legal e bacana, e eu precisava estar à altura.

— Desculpa, tô tentando ser uma pessoa melhor...

— Se você está tentando, tudo bem, já é alguma coisa — ele disse, condescendente.

Depois tomei um pouco mais de MD e voltei a ficar feliz e de bom humor, e às oito da manhã tivemos energia para percorrer o minhocão e nos encantarmos com a beleza dos grafites nas laterais dos prédios decadentes que beiravam o viaduto. Ele nunca disse que minha capacidade de ver beleza em lugares inesperados era algo inerente à minha personalidade.

N ão antecipei que a solidão d'O Plano se provaria tão difícil. Enquanto estava em São Paulo, saía o mínimo possível de casa. Fazia todas as compras por aplicativos. O disfarce era bom, mas preferia não testar. Só colocava o pé na rua após me certificar pelo GPS que Matheus estava longe o suficiente.

Passava as tardes assistindo séries policiais em todos os streamings possíveis e lendo os últimos romances imperdíveis sobre mulheres millennials que se sentiam muito frustradas e muito sozinhas. Acabavam tomando atitudes completamente estúpidas, tipo passar um ano dormindo.

Comprei uma bola de pilates e assinei uma plataforma de aulas de yoga a distância para não atrofiar o corpo.

Sentia vontade de falar com meus amigos o tempo todo. Quase interrompi toda essa bobagem porque a saudade era muito grande. Mas a prudência me mandava usar pouco o celular.

Alguns dias na semana, escrevia e-mails para Fernanda, Tavinho, Lucas, Felipe, Flávia, Paula e mais um monte de amados, sempre usando um VPN que me posicionava no Uruguai.

Minha vida em Carmelo era bem mais aprazível. Corria pelas estradas de chão com Lola e Lelé, mergulhava na praia lodosa de rio e nas lagunas, olhava para as estrelas e volta e meia enchia a cara nas vinícolas, onde flertava com os garçons e seguidamente acabava sendo convidada para um ménage por um dos casais que estavam tentando reacender a chama da paixão em uma viagem pelo subtrópico.

Vez ou outra obrigava algum homem local a me levar pra casa. Um dia, depois de uma garrafa e meia de vinho, vi o homem mais bonito do Uruguai, ou ao menos foi o que pareceu naquele momento. Ele se chamava Pablo, era alto e tinha olhos cor de mel, o cabelo bem preto e mãos grandes e nodosas nas quais pus os olhos e já imaginei aquela pegada envolvendo a minha bunda. Não troquei mais que dois olhares com ele e o puxei pelo pulso.

— Vámonos.

— Pero...

— Ahora.

Ele apontou para um cavalo marrom selado que estava pastando do outro lado da rua.

— Bora!

— Quê?

Fiz com que ele montasse no animal comigo e me levasse até em casa. Um uruguaio rústico em um cavalo prometia mais que um hipster com cara de tísico em uma bicicleta.

Sua barba arranhava minha pele de um jeito gostoso e transamos por um tempo, seus toques gentis me decepcionaram um pouco. Mas ele era tão bonito e o cheiro da testosterona nas costas bronzeadas dele era tão gostoso que pedi para que ficasse até de manhã.

Me arrependi de tê-lo levado até minha casa. Queria que soubessem o mínimo sobre mim naquelas paragens. Pedi para que não contasse a ninguém onde eu morava e ele docemente assentiu. Antes de ir embora, fez questão de carregar dois fardos de lenha que estavam no quintal para perto da lareira. Será que algum dia me apaixonaria por um homem tão atencioso ou o meu destino era me viciar em caras que me odiavam?

Eu gostava de puxões de cabelo, apertões no pescoço, tapas na cara e, de vez em quando, cordas ou cintos. Adorava ser xingada. De puta, vagabunda, piranha. Gostava de passar dias sentindo uma leve dorzinha no lugar onde um homem deixara hematomas na minha bunda. Me apaixonava instantaneamente por caras que comiam meu cu com convicção.

Mas tem duas coisas que homens adoram dizer que gostam e querem, mas a maioria não tem nem ideia de como fazer: ter cargo de chefia e comer cu.

Aliás, a transa kinky é uma coisa que muitos caras não conseguem fazer. Uma vez tive que implorar para um cara me dar uns tapas na bunda, e ele se recusava porque tinha medo de ser machista. Bom. Ele morava com a mãe e não lavava uma roupa nem fazia compras no supermercado. Preferia que eles desconstruíssem a masculinidade reduzindo carga mental e deixassem as palmadas em paz.

Mas com Matheus isso não era um problema. Parecíamos ter sido feitos um para o outro no quesito sexo.

— Você é bem um clichê de filme pornô tóxico — ele me disse um dia.

Foi mais uma daquelas frases que deixei no ar por nenhum motivo além de ser uma sonsa que não notava o quanto o cara que eu gostava era escroto pra caramba comigo. Ele prosseguiu com uma palestra sobre misoginia, pornografia e sexo violento e sugeriu, mais uma vez, que não era feminista o suficiente por gostar de transar desse jeitinho.

— Antifeminista é não me deixar viver minha sexualidade do jeito que eu quero.

Ele fez um daqueles muxoxos, mas horas mais tarde me comeu com bastante força.

Mais pro fim, ele diria:

— Acho que o tanto que te bato no sexo e tu gosta me estimula e isso está me tornando mais violento no dia a dia.

Ri. Ri porque achei ridículo demais e não levei a sério. Não podia ser sério. Mas era.

Fui para São Paulo com passagem comprada para voltar dali a oito dias. Durante a última temporada em Carmelo, observei que o Toddynho noturno continuava e que ele tinha adotado o hábito de comprar marmitas veganas para levar ao trabalho.

Um dos meus maiores medos foi que ele resolvesse limpar a casa e descobrisse as câmeras. Mas, para minha grata surpresa, ele cedeu ao seu cinismo burguês e passou a chamar uma diarista que ia ao apartamento a cada duas semanas, recebendo míseros noventa reais. Sabia exatamente quando porque eles se falavam pelo WhatsApp. Ela não era exatamente minuciosa na limpeza — pelo que ele pagava, ela deveria mesmo era cuspir na comida que ficava na geladeira. O máximo que aconteceu foi ela deslocar as câmeras de lugar uma ou outra vez.

Volta e meia ele pesquisava sobre sonhos, sonambulismo, demência. Tudo corria bem.

Repeti o combo midazolam + xilocaína + psicodélico + flumazenil + midazolam + música eletrônica + lanterna estroboscópica três vezes na segunda semana de enlouquecimento. Realizava o procedimento cada vez com mais destreza e já pensava em um dia arriscar a anestesia raquidiana, que é muito utilizada em cesáreas para paralisar partes do corpo. Seria bom que ele passasse pelo que uma mulher passa na hora de dar à luz — inclusive a grande chance de sofrer com cefaleias incapacitantes por uma semana como efeito colateral do procedimento.

Utilizei duas vezes LSD e uma vez, cogumelo. Preferi não usar mais os cogumelos porque ele pesquisou sobre um gosto estranho na boca no dia seguinte.

A temática daquela semana foi justamente sexo e escolhi acid house para embalar as sessões com seu som de balada berlinense em que tudo pode na pista. Pus uma playlist de clássicos da Berghain para tocar.

Levei um projetor de papelão para celulares que comprei durante uma viagem e havia utilizado poucas vezes. A imagem ficava desfocada quando era transmitida no teto, mas isso colaborava para a sensação onírica.

Transmiti apenas as pornografias que estavam no histórico de buscas dele: vídeos de degradação de mulheres tatuadas, fitas amadoras de chicotadas e enforcamentos, alguns filmes orientais de shibari.

— Lembra como você me culpava por gostar do que você gostava? Tá vendo como o que te dá prazer é a dor do outro, Matheus? Será que seu sonho é estuprar alguém? Você odeia mulheres, Matheus, por mais feminista que diga ser, você tem raiva de nós. Sabe aquela raiva que você dizia que era minha? É sua, Matheus. Como te dói admitir o grande prazer que tu sentia quando batia na minha bunda.

Tinha vontade de pregar tantas peças. Mudar coisas de lugar. Fazer um bode ou uma galinha aparecerem no meio da sala dele. Pegar todas as suas camisas de nerd e doar para os catadores de lixo que andavam pelo bairro.

Só que essas travessuras levantariam suspeita. Então segui com eventuais compras sem sentido. Dessa vez mandei entregar na casa dele uma coleção de DVDs pornográficos misóginos russos que ele desempacotou e contemplou com um olhar que gosto de pensar que foi de desespero, mas não tenho certeza porque as câmeras não eram assim tão nítidas.

Ele deixou-os num canto da mesa por um tempo. Vez ou outra observava as capas. Virava de um lado. Depois do outro. Chegou a abrir dois ou três. Não teve coragem de assistir nenhum. Aliás, não consumiu pornografia por um tempo depois daquilo.

Passei dez dias em Carmelo depois dessas sessões. No sexto dia vi que ele foi a um encontro com uma moça chamada Juliana, que era assustadoramente parecida comigo. Até o formato dos óculos era igual, mas, diferente de mim, ela usava uma tinta para deixar os cabelos mais pretos e cortava a franja em casa. A cara dela prometia sexo selvagem e tomei dois diazepans ao mesmo tempo antes de eles se encontrarem, antecipando o desespero que sentiria em assisti-lo transar com mais alguém.

Ele a levou até em casa e o que rolou foi um sexo protocolar. Ele lambeu o mamilo direito, depois o mamilo esquerdo dos seios pequenos dela. Então percorreu a barriga dela com a boca e a chupou pacientemente por alguns minutos. Não poderia jamais acusá-lo de ser egoísta no sexo. Talvez a pedido dela, ele pôs o preservativo e começou a penetração. Depois de dez minutos pediu uma pausa e foi ao banheiro. Ela não parecia ter gozado, nem ele. Começaram uma segunda sessão: ela chupou o pau dele, ele a dedou, e aí ela aparentemente gozou. Eles se despediram e Juliana partiu. Então ele finalmente pegou um dos DVDs, se masturbou. Pegou outro, se masturbou. E fez aquilo algumas vezes aquela semana, até que um dia jogou-os fora, dentro de um saco preto.

Alguns dias antes de ver aquele sexo confortavelmente suave de Matheus e Juliana, fui beber em uma bodega no centro da cidade, frequentada por locais. Foi naquela noite que conheci Mariela, uma uruguaia de Montevidéu que me contou que era fotojornalista, cansou das redações e decidiu passar um ano sabático trabalhando como recepcionista de uma pousada--vinícola. Ela fazia um dinheiro extra tirando fotos de turistas. Vez ou outra, argentinos, uruguaios e até brasileiros ricos faziam seus casamentos lá e havia meses em que ela ganhava o dobro do que o fotojornalismo lhe rendia com ensaios cafonas de noivos ou fotos tradicionais das cerimônias e das festas.

Ela parecia feliz e era muito divertida. A conversa com ela era animada e falamos de tudo: política, América Latina, jornalismo, legalização do aborto e histórias constrangedoras de casamento. Contei a ela que havia saído de um trabalho ruim e um relacionamento pior ainda e estava descansando.

Mariela chamou atenção para o fato de que era melhor não voltar pra casa àquela hora e me convidou para continuar a noite na casa dela, uma cabana menor e menos isolada que a minha, mas ainda assim bem confortável.

Mariela tinha cheiro de mato. Um aroma de folhas verdes recém-arrancadas de um arbusto bem verde. De trás da orelha dela saía um fio de suor amadeirado que lembrava um pouco o odor de um cavalo. Ela cheirava bem e senti vontade de beijá-la.

Não sabia se era o vinho batendo. A maconha.

Nunca me considerei bissexual. Todas as mulheres que já beijei e transei foram durante alguma loucura notívaga. Não sabia o nome ou a história delas. Jamais tinha sentido desejo por uma mulher que conhecesse e com quem tivesse alguma intimidade.

Meu olhar perdido deve ter deixado escapar meu devaneio. Ela segurou minha nuca e me deu um beijo.

Parecia bem mais experiente que eu naquilo e me fez gozar duas vezes. Não esperou que retribuísse porque percebeu minha falta de jeito para fazer sexo oral em mulher. Foi bom, mas senti falta de pau. Não que isso não pudesse ser resolvido com bons vibradores, mas senti falta da carne, mesmo.

No dia seguinte ela acordou às sete e preparou um café da manhã com ovos e bacon. Disse que não precisávamos falar sobre aquilo se não quisesse e respondi que não me importava.

Ela falou que havia terminado um casamento morno com um homem havia dois anos e estava experimentando algumas coisas, mas que não sabia ainda se queria se relacionar com mulheres, e não tinha pressa de descobrir. Sorri pensando que foi surpreendente que, mesmo depois de transar com uma mulher, tive que ouvir uma variação da frase "não quero um relacionamento".

Respondi que havia gostado muito, mas que não sabia se queria repetir porque ainda me sentia muito heterossexual. Ela riu e disse que tudo bem.

— Quero te ver mais vezes, apesar disso — falei.

— Apesar disso por quê? Podemos ser amigas que transam ou que transaram um dia, no?

— Claro.

Trocamos telefones e naquela semana nos vimos mais uma vez. Pablo apareceu na bodega e contei a ele sobre essa aventura. Ele riu e concordou que era muito bonito. Naquela noite, montei mais uma vez no cavalo dele, e Mariela voltou para a casa com um belo australiano que parecia solitário e perdido por lá.

Disse a ela que precisava de uns dias de soledad e passaria uns dias em Cabo Polônio.

— Muy hippie.

Era a minha desculpa para sumir por alguns dias.

Tive mesmo que alugar uma casinha precária em Cabo Polônio e tirar fotos com alguns biquínis diferentes. Não bastava agora ter um álibi para meus amigos brasileiros. Precisava ter um álibi para meus amigos uruguaios.

Era Natal e eu nunca passava Natais com a minha família. Aliás, via a minha família o mínimo possível. Matheus também não foi a Porto Alegre ver os pais porque aparentemente a relação deles era bem mais distante do que a minha com os meus, ou do que a dele comigo.

Fiz um jantar na minha casa e convidamos dois colegas de trabalho dele que tinham que fazer um plantão e também estavam longe dos parentes. Se chamavam Thiago e Roberto e eram bastante agradáveis. Conversamos sobre cultura de startups por um bom tempo, e eles pareciam bastante dispostos a rir de tudo aquilo, ainda que defendessem os happy hours mandatórios com tequila compulsória na conta da empresa — mas quem sou eu pra julgar, tendo em vista que eu mesma já me havia beneficiado disso? Entre as gentilezas de Matheus, estava me incluir em eventos da empresa em que me apresentava para as pessoas e em algum momento deixava claro que não éramos namorados.

Na verdade, a minha conversa com Thiago e Roberto estava fluindo tão bem que para variar Matheus ficou desconfortável com a minha capacidade de socialização.

— Aí o Basílio deu PT no happy hour semana passada e caiu de cara no chão — contou Thiago, rindo.

— Sabe o Basílio, né? Ele é um gordinho que está sempre de camisa xadrez — completou Roberto.

— Sei, ele é meio bobo, né? Parece uma criança. E se comporta como uma — eu disse.

— A visão que tu tem de crianças é muito horrível, Ana. Crianças são legais — Matheus interrompeu, para variar pesando o clima.

Eu havia preparado sobrecoxas de frango marinadas com vinho e ervas e um risoto de açafrão para o jantar. Como aperitivo, fiz tartar de salmão e um patê de frango com molho de tomate e requeijão que minha mãe havia me ensinado, servido com torradinhas.

Pedi para que Matheus me ajudasse a fazer o patê, me entregando os pedaços de peito de frango que deixei separado para colocar no processador, mas ele pôs a mão na barriga e disse que se sentia muito desconfortável vendo aquilo. Achei que fosse só mais uma desculpa de homem para não ajudar na cozinha, mas depois percebi que era só mais uma oportunidade de me humilhar.

Estávamos os três comendo tartar com patê, eu com vinho, eles com cerveja, e Matheus não encostava em nada. Naquela noite só comeu o risoto. Quando perguntei o porquê, ele disse:

— Acho que é por tua causa que estou virando vegetariano. Tem muita morte no teu prato.

Frase que ele repetiria algumas vezes, com variações.

— Tu mata demais para comer.

— Tem noção de quanto gás carbônico é emitido para tu comer uma picanha?

Não sei qual era exatamente o objetivo, mas eu fazia ouvidos moucos e não dava prosseguimento ao assunto, simplesmente comia. Já havia não-namorado e namorado outros vegetarianos antes e nenhum chegou nem perto de me fazer seguir por esse caminho, assim como nenhum chegou nem perto de ser tão escroto comigo como ele.

> Si ya me has muerto una vez
> ¿Por qué llevaré la muerte en mi ser?
> Ya sé que no tiene perdón
> Ya sé que fue vil y fue cruel su traición
> Por eso, viejo rencor
> Déjame vivir por lo que sufrí
> (Rencor, Carlos Gardel)*

Os ventos marítimos do sul zunem no ouvido, refrescam a pele e te bombardeiam com areia. Se você esquece do protetor solar, não percebe a insolação tomando conta do corpo porque não sente o calor escaldante.

Quem cresceu passando verões em Tramandaí e na praia do Cassino sabe dessa pegadinha e gasta um tubo a cada quatro dias.

Estava na beira da praia sentindo a maresia salpicar minhas costas quando senti uma vontade de mergulhar no mar.

Corri e me enfiei de cabeça no meio de uma onda. Passei um pouquinho da arrebentação e fiquei lá, boiando na água fria, os pelos arrepiados. Meus dentes bateram um pouquinho, mas fui me acostumando àquele gelo.

Um relacionamento abusivo é semelhante à reação de uma rã com a água quente. Se você coloca o animal na água quente, ele pula e escapa com vida. Mas se o joga na água à temperatura

---

* Composição: Carlos Gardel

ambiente e aumenta o fogo, o sangue dele acompanha até o momento em que ele cozinha sem perceber. Um abusador nunca chega te agredindo. Ele espera você se sentir à vontade e vai minando as suas defesas até você ficar inerte e incapaz de reagir.

O desdém de Matheus, contudo, parecia menos com o experimento da rã e mais com os mares do sul. Depois do choque da água gelada, você se adapta. Dizem que com hipotermia é assim. Seu corpo reage ao frio fazendo o possível para se esquentar, até que exaure suas energias e você morre.

Naquela água tão fria quanto o afeto dele, senti que estava em um desconforto aconchegante, um velho conhecido. Fechei os olhos e entrei num estado que beirava o sono.

Me vi na beira da praia deitada ao lado dele. De repente, seus pelos foram caindo, sua pele foi ficando mais branca e macia, sua cabeça foi tomando uma proporção maior em relação ao corpo. Ele virou um bebê gigante e tentou me agarrar com as mãos para me devorar. Corri desesperada para o mar e me fundi à correnteza. Ele mergulhou de cabeça e nesse momento despertei, quase me afogando. Uma onda forte bateu e me ajudou a voltar para a costa. As pontas dos meus dedos estavam roxas e eu tremia. Me enrolei na canga e caí no choro.

Acho que não notei que era um relacionamento abusivo por tanto tempo, desses que as mulheres relatam na internet, porque não havia crises explícitas de ciúme, tentativas descaradas de controlar minha agenda, comentários sobre as roupas que vestia. A frieza é capciosa.

Depois de dois dias em Cabo Polônio, vesti Beatriz e parti para a terceira semana de alucinações.

*São, São Paulo quanta dor
São, São Paulo meu amor
(São São Paulo, Tom Zé)**

A chegada pelo aeroporto de Guarulhos já é horrível para quem mora em São Paulo. Para um turista deve ser tão receptiva quanto um coice. O voo tinha aterrissado um pouco antes das 17h, o que significava pegar um trânsito arrastado e fedorento.

Observar aqueles prédios de concreto rachados e encardidos pelo tempo, cobertos de pichações contra o céu alaranjado do fim de tarde coberto por uma película de fuligem quase tão tóxica quanto a masculinidade era até poético. Lembrava a chegada lenta a um mundo pós-apocalíptico.

O Uber demorou mais de uma hora e meia para me deixar em casa. Cheguei cansada no meu apartamento apertado. Senti falta do meu quintal e do cheiro de grama de Carmelo.

Mariela havia mandado mensagens para meu celular uruguaio perguntando se eu estava bem, respondi com uma foto de biquíni vermelho lendo um quadrinho da Liv Stromqist na grama de Cabo Polônio. Fernanda escreveu um e-mail de cinco mil toques falando das novidades: ela estava saindo com

---

* Composição: Tom Zé

um cara que aos trinta e cinco anos tinha fundado a própria agência de publicidade digital, era bonito, gentil e dava bons presentes. Em breve namorariam. Respondi que publicitário era melhor não. Tavinho disse que estava pensando em passar uns dias em Buenos Aires e Montevidéu com Lucas. Respondi que nos encontraríamos.

Chorei quando me dei conta de que bastariam vinte minutos de carro para vê-los.

Assisti um episódio de uma série policial nórdica em que todos parecem bons atores. Talvez porque a frieza cultural não exige uma gama tão ampla de variações de tons de voz ou expressões faciais, ou porque a língua era tão estranha pra mim que não dava para perceber a canastrice. Adormeci com a TV ligada e acordei dois episódios depois, bem na hora em que revelavam o assassino. Pensei em tomar um pouco do mizadolam de Matheus na tentativa de esquecer, mas preferi o zolpidem.

Acordei no meio da madrugada suando frio. Estava sonhando que Matheus tentava invadir o antigo sítio dos meus pais com um tanque de guerra, e eu tentava resistir com espingardas de caça.

Havia apenas um Toddynho na geladeira e algumas garrafas de seiscentos ml de Coca-Cola que eu não conseguiria batizar com as agulhas. Fiquei pensando em como resolver esse potencial problema. Coloquei midazolam no Toddynho e infelizmente ele optou pelo refrigerante naquela noite. Foi só na noite seguinte que comecei a etapa "Carne culpada" d'O Plano.

Vi que havia caixas de quetiapina e zolpidem ao lado da cama. Sabia que ele havia marcado um psiquiatra, suponho que por causa dos delírios, compras sonâmbulas e mal-estar. Por sorte, a maior parte dos psiquiatras são ruins e não investigam a fundo os problemas dos pacientes. Um exame toxicológico talvez tivesse revelado a origem do mistério.

A quetiapina era uma prescrição que fazia sentido para dar uma noite de sono mais tranquila, além de ser antipsicótico em doses maiores. O zolpidem era um indicação estúpida para um paciente que se queixava de sonambulismo. Nada no seu computador ou celular dava a entender que ele havia procurado um psicólogo, o que não me surpreendia nem um pouco.

Depois que ele tomou o Toddynho, prossegui. A primeira noite não foi muito marcante. Repeti os procedimentos anteriores e fiz um apanhado dos discursos antigos: o coelhinho assassinado, gatinhos amarrados, pornografias violentas.

Na segunda noite, resolvi ousar optando pela anestesia raquidiana em vez das habituais doses de xilocaína. Cravei a agulha entre a terceira e a quarta vértebras da coluna lombar e, assim que vi o líquido transparente da espinha gotejar, soube que havia aplicado no lugar certo. Injetei dois ml de bupivacaína, o que paralisaria suas pernas. Pus quatro gotas de ácido na boca dele, o despertei com flumazenil, luz vermelha e uma milonga uruguaia.

Quinze minutos depois, comecei a projetar fotos de bifes suculentos, torresmos e galetos na brasa. Coloquei um vídeo de ASMR de um japonês que ficava comendo frango frito crocante. Então projetei algumas fotos dele mesmo comendo hambúrgueres e bifes.

— Lembra como tu gosta disso, Matheus? Como era e sempre foi uma grande mentira essa sua súbita preocupação com animais? O que tu pretende com isso? Compensar o coelhinho que tu matou, os gatinhos que torturou? Ou tu sente que abdicar de uma coisa que te dá prazer te torna uma pessoa melhor? Quem tu quer enganar com essas marmitas veganas? Tu pediu um hambúrguer triplo semana passada.

Projetei fotos minhas, feliz, comendo um short rib, olhando para um tomahawk de quatro dedos com legumes assados como se tivesse sido flechada pelo cupido, com osso de costela entre os dentes, comendo asinhas de frango e segurando um hashi com sashimi de polvo. Enquanto isso, eu falava de dentro do banheiro. Era só a minha voz na cabeça dele.

— Sabe qual o maior problema disso? Te deixava muito desconfortável a minha recusa em ceder às tuas críticas. E talvez com inveja da minha capacidade de desfrutar do prazer de comer sem me sentir culpada, porque o que você mais queria era que eu sentisse culpa e vergonha pelo que gostava. Porrada no sexo, carne suculenta, nunca foi um problema gostar disso. Errado era gostar tanto de você.

— Tu gostava de mim, Ana?

Levei um susto. Meu coração disparou. As anestesias nunca o impediram de falar, mas era a primeira vez que ele dizia alguma coisa. Meio lento. Procurando a minha voz.

— Eu gostava demais de você — ele continuou.

Fiquei muda, enquanto passava um comercial do KFC no projetor.

— Pena que nunca daríamos certo, Ana. Tu não conversava comigo. Nunca consegui entender nada.

— A gente conversava o tempo todo.

— Mas o que tu queria comigo, afinal?

— Fazer o que a gente fazia. Sair, comer, rir, curtir, transar...

— Era sempre só isso.

— Mas o que tu queria além disso? Você dizia que gostava exatamente disso.

— Não tinha perspectiva...

— Mas tu sempre deixou claro que não queria nada comigo!

— Sempre achei que tu não queria nada.

— Tu vivia dizendo que achava incrível como eu era uma mulher que, ao contrário "das outras", não "enchia o saco" para namorar. — Mesmo escondida no banheiro fiz aquelas aspas ridículas com os dedos.

— Tu queria namorar?

Não respondi nada. A cabeça dele tombou. Depois ele olhou de novo pro projetor, que mostrava uma foto minha em Madri comendo um polvo grelhado.

— Tu nunca quis viajar comigo — ele falou.

— Como assim? Lembra que um pouco antes de tu terminar comigo tentei sugerir que a gente fosse pra Chapada Diamantina? Pro Marrocos?

— Aí tu comprou passagem pra Lisboa com aquele seu amigo lá.

Ele estava falando do Luiz, meu amigo de Brasília. Fomos para lá duas semanas depois do meu pé na bunda e chorei sem parar durante a viagem. Mal consegui aproveitar a culinária local. Coincidentemente apareceu uma foto minha saboreando um bacalhau de verdade com batatas ao murro, no que foi talvez o melhor momento naquele mês horroroso que sucedeu aquilo tudo.

— Você não queria ir! Tu ficou dois dias me falando que odiava viajar e me mandando textos ridículos e mal escritos de uma hipster chata do Medium dizendo como pontos turísticos eram horríveis e que tu ia passar as férias pedalando de Porto Alegre até São Paulo!

— Queria que tu me convencesse a viajar.

— Quê?

— Queria entender que graça tu via nisso. Mas aí tu disse pra eu ficar uma semana sem falar contigo.

— Sim, Matheus! Porque tu apenas me criticava o tempo todo e dizia que viajar era coisa de burguês, que museu era chato, que nenhuma atração turística fazia sentido.

— Mas tu sempre me fazia gostar de coisas que eu não gostava antes. Tu podia me ensinar a viajar.

Respirei fundo. Apoiei os cotovelos nos joelhos e a cabeça nas mãos e me vi mais uma vez naquela posição que me via tantas vezes na vida: não sabia se ria ou se chorava. Como fui boba de acreditar que estava me relacionando com um adulto, e não com uma criança que precisava ser convencida das coisas.

Se bem que numa coisa ele tinha razão. A imagem que eu tinha de crianças era meio ruim. Crianças costumavam ser mais autênticas nos seus desejos. Matheus precisava terceirizar o que ele queria. Só realizaria o desejo burguês de viajar se eu o convencesse de que era um desejo meu e ele condescendesse. Assim ele iria curtir as aventuras de classe média sem se sentir tão culpado, afinal, só estava fazendo isso por minha causa.

Decidi terminar com aquela bobagem. Havia muitas coisas que ainda poderia dizer pra Matheus para comprovar que era ele quem jamais deveria constituir família, mas não era a hora ainda. Apliquei o midazolam. Nos dias seguintes ele lembraria muito vagamente daquilo tudo. Eu lembraria de tudo com nitidez.

Subi e quando vi, horas depois, que as pernas dele começaram a se mexer porque o efeito da raquidiana estava passando, usei meu computador para acessar o aplicativo de delivery do celular dele e pedi três baldes de frango frito de um lugar que ficava aberto 24 horas — uma das grandes belezas de São Paulo.

O interfone tocou e vi que ele chegou a se levantar, mas caiu sentado na cama com as mãos na cabeça. Ele se arrastou até o interfone, sem entender muito bem. O porteiro colocou os baldes no elevador, e ele voltou para o quarto com a encomenda sob o braço. Chegou a comer uma coxinha, mas vomitou logo em seguida. Deitou na cama, ficou com as mãos nas têmporas e depois tomou um remédio, que supus ser o zolpidem.

Aparentemente ela havia mesmo dado as caras: a cefaleia da raquidiana.

No dia seguinte ele acordou e quando se ergueu, caiu novamente na cama com as mãos na cabeça. Levantou de novo, caiu outra vez e de novo e de novo, foi bem engraçado. Pesquisou no celular: dor de cabeça ao levantar, e se deu conta de que havia pedido frango frito às 5 da manhã. Voltou pro fórum do Reddit sobre sonambulismo e pesquisou enxaqueca. Atirou o telefone no canto do colchão, provavelmente porque a luz da tela piorava a dor.

Ele escreveu a duras penas um e-mail para o chefe dizendo que não conseguiria trabalhar porque, toda vez que levantava, sentia uma dor incapacitante. Juliana estava preocupadíssima, dizia que podia ser um AVC, um aneurisma. Mas infelizmente ela não poderia acolhê-lo porque estava no interior de Pernambuco, com pouquíssimo sinal, entrevistando criancinhas de oito anos para tentar medir o efeito da ação de uma ONG que havia feito uma parceria com uma marca de canetas hidrográficas caríssimas. Eles distribuíam caderninhos e canetas coloridas para as crianças, algumas delas miseráveis, se expressarem por meio da poesia e do desenho. Aparentemente a ação não ajudava a matar a fome de ninguém, mas a empresa a anunciava em seu site com fotos de uma dramaticidade que faria Sebastião Salgado corar. A viagem de Juliana era perfeita para esse momento, pois se tinha uma coisa que Matheus não podia ter era acolhimento.

No dia seguinte ele ainda estava em péssimo estado e não conseguia levantar da cama. Se alimentava aos poucos do frango frito frio que ele havia conseguido arrastar para o lado da cama. Como caminhar até o banheiro era praticamente impossível, ele estava usando um dos baldes para mijar. Naquela madrugada, quando ele estava dormindo apagado pelos remédios, entrei na sua pocilga e coloquei laxante na garrafa de água. Foi delicioso assistir ele se arrastar no chão até o banheiro para conseguir cagar.

Matheus só conseguiu ir ao pronto-socorro dois dias depois porque a empresa em que trabalhava designou uma pessoa do RH para acompanhá-lo, já que ele não tinha amigos para ajudá-lo com isso. Voltou para casa com duas caixas de cefaliv, um atestado médico, um fardo com doze Toddyinhos e a garantia de que nada de estranho estava acontecendo em seu cérebro. "Deve ser emocional", disse o médico que estava de plantão. Aproveitei quando ele estava apagado por causa do remédio para dor e coloquei midazolam nas três primeiras caixas de achocolatado.

Naquela semana, não o anestesiei mais. Fiz duas rápidas e breves sessões com midazolam e flumazenil. Liguei de novo o ASMR do japonês comendo frango e fiquei no corredor. Quando ele começou a falar, o coloquei para dormir de novo. Cheguei a cogitar colar uma fita crepe na boca dele, mas amordaçar uma pessoa me soava muito extremo.

Invadir o apartamento, espionar, anestesiar, drogar, atormentar, colocar laxante na água de um cara que me destruiu parecia razoável. Mas a mordaça era simbolicamente violenta demais, como se eu estivesse disposta a ser uma deusa um pouco misericordiosa na vingança contra o patriarcado. Se tivesse tanto poder divino, não faria com os homens aquilo que eles fizeram com nós por tanto tempo: nos fazer engolir as palavras de forma tão literal.

Eu era a menina mais cobiçada da minha turma, mas nenhum garoto queria me beijar. Não era loira e não tinha as coxas separadas e por mais que ficasse me alimentando a base de sopa de vegetais e emagrecesse muitos quilos, todo mundo olhava pra mim e lembrava da gordinha que eu era antes.

Um dia um deles me beijou escondido no banheiro. Apertou minha bunda com muita convicção. A bunda que a namorada que ele encontrou duas semanas depois não tinha. Quadris fartos era uma coisa que os guris gaúchos nos anos 2000 só podiam desejar em segredo.

Mas meu único refúgio de popularidade era imbatível. Nem o nerd espinhento de óculos conseguia tirar notas melhores que as minhas em matemática, física, química, biologia, história, geografia, português, inglês, espanhol, redação e tudo que não fosse artes e educação física.

Não havia professor que não me amasse, e quando questionava a correção de alguma questão na prova eles não pestanejavam e me davam cinco décimos a mais.

Ana era um gênio promissor e tinha um futuro brilhante pela frente!

Na hora dos trabalhos em grupo, eu oscilava entre um time de meninas estudiosas, esforçadas e não muito populares e o time dos meninos engraçados e sagazes, mas não muito inteligentes. Às vezes queria dividir o trabalho com pessoas capazes de produzir algo bom junto comigo. Às vezes só queria dar risada com as bobeiras dos garotos, que eram sempre muito mais livres para serem bobos.

Não conseguia chamar atenção pela beleza nem pela doçura. Mas naquela época ainda tinha força para não aceitar ser invisível. Me afirmava o tempo todo pela minha capacidade de intuir fórmulas matemáticas antes que a professora as ensinasse, entender a lógica por trás de orações subordinadas sem ter que decorá-las, compreender movimentos históricos da maneira mais conveniente para passar no vestibular. E de fazer com que todo mundo que fosse meu amigo conseguisse passar de ano sem recuperação colando de mim nas provas ou me acompanhando nos trabalhos de grupo.

Eu era um pouco usada. Mas também era genuinamente admirada até por quem não gostava de mim.

Mas aí os anos passaram e vi os meninos que só passavam de ano por minha causa ascenderem rápido na carreira; alguns assumiram cargos de chefia e ficaram ricos e compraram apartamentos com varanda em condomínios com piscina, enquanto eu ganhava um salário razoável que me permitia pagar o aluguel de um quarto e sala com tacos podres e encanamento enferrujado.

Volta e meia algum deles me manda mensagem dizendo que lembrou de mim por causa de alguma personagem de óculos em um filme que aparecia para ajudar o protagonista a desvendar um mistério. Para dizer que sentem falta dos tempos de colégio.

Eu também sinto, porque naquela época eu parecia invencível e brilhante e cheia de possibilidades.

Nos churrascos de família eu conseguia fazer a mesa de adultos gargalhar e nunca era com uma imitação ou palhaçada que nem meu irmão e meu primo, que formavam uma dupla pastelão.

Era com uma tiradinha que poderia ter sido feita por algum adulto.

— Ana, deixa de ser mal-educada, correndo pra se servir antes de todo mundo! — uma vez disse o meu pai.

— Então te serve depois tu, que é educado, e me deixa pegar a comida primeiro, ué — respondi.

Meu tio mais metido a intelectual caiu na gargalhada. Eu devia ter uns seis anos na época e esse tio, que era casado com a irmã mais velha da minha mãe, vivia me recontando essa história. Volta e meia ele me dava livros para ler e repetia que tinha tudo pra me tornar uma boa escritora. Ou atriz. Ele dizia que eu seria uma comediante sofisticada se estudasse teatro.

Mas a minha família nunca teve essa de ser artista. A geração dos meus avós maternos tinha conseguido fazer com que todos os seis filhos terminassem o colégio. Minha avó era costureira e meu avô trabalhava na contabilidade de uma empresa de produção de arroz. A obsessão da geração da minha mãe era que todos os da minha geração passassem no vestibular, cursassem uma universidade federal e depois tivessem mais sucesso financeiro que eles. A família do lado paterno não era muito diferente.

Virar artista — escritora, atriz, poeta — não era uma possibilidade. Os testes vocacionais do colégio disseram que deveria era fazer publicidade, já que era tão criativa.

Minha mãe preferia que eu estudasse medicina para ela ostentar que tinha passado no vestibular mais difícil. Ou direito, que devia ser o segundo mais difícil, e me permitiria virar juíza, promotora ou qualquer outra coisa que exigisse passar outra vez em um concurso difícil. Mas publicidade era, sim, meio difícil, e eu era engraçadinha e criativa mesmo. Diziam que alguns enriqueciam com isso em São Paulo. Vá que eu prosperasse que nem o Washington Olivetto?

Com esse tipo de expectativa em cima de mim, não tinha como não ser uma frustrada.

Dez anos depois de formada, estava longe de ser um Washington Olivetto, até porque me faltavam os contatos e a cara de pau. Humorzinho cínico é charmoso, mas não funciona bem quando você tem que bajular outros milionários para te darem a conta da empresa deles. Era inapropriada para a riqueza porque era incapaz de puxar o saco dos outros sem pôr tudo a perder com alguma observação ácida sobre as bobagens que ricos fatalmente falam.

Aliás, humorzinho cínico também é péssimo para o departamento de criação de publicidade. Você tem que ser óbvio, meio besta e criar algum jargão estúpido, alguma frase que cole na cabeça das pessoas.

Eu não servia muito bem pra isso, mas fui me adaptando. Era mais fácil pra mim fazer uma rima abobada do que bajular alguém.

Fui podando minhas próprias asas. Reservando minhas tiradinhas sarcásticas para meus amigos. Morrendo por dentro a cada campanha de salgadinho. Vendo ascender a cultura dos influenciadores digitais e sentindo falta da época em que campanhas se faziam com globais e top models.

Não vou negar que a publicidade pode incrementar seu humor cínico. Ela te faz passar tanto desgosto que seu repertório de acidez e amargor só aumenta.

Mas conseguia viajar para a Europa de vez em quando. Tinha até ganhado uma bolsa para fazer mestrado em comunicação digital em Barcelona num ano em que tive a oportunidade de conhecer vários países e, isso só percebi muito mais tarde, de ser estuprada de muitas maneiras diferentes por homens de nacionalidades diversas em várias capitais europeias.

Eu me sustentava sozinha em São Paulo e não pedia dinheiro pros meus pais desde que tinha saído da faculdade.

Então para a minha mãe estava bom, para o meu pai estava ótimo.

Lembrei de uma situação, quando já estávamos bem perto do fim, em que bebíamos em um bar e ele mandou essa:

— Não sei se quero continuar contigo. Tu é agressiva e tô ficando mais agressivo por tua causa.

— Do que tu tá falando? Por acaso alguma vez te tratei mal de graça?

— Tuas piadinhas tóxicas, esse teu humor ofensivo.

— Das quais tu sempre ri? — A palavra tóxica tinha se tornado tão comum na boca dele que eu já abstraía.

— Tu sabia que tu é a mistura das cinco pessoas com quem tu mais convive? Fico assim por influência tua. Aquela menina que tu disse que parecia o Beetlejuice...

— E que tu falou que o cabelo precisava ser mais claro pra ficar igual?

— Por que tu tem tanto ódio dela?

— Só acho ela feia.

— Tá vendo como tu tá sempre pronta para dizer algo ruim sobre alguém?

Comecei a ter uma crise de pânico e chorar. O tanto de droga que andava tomando não ajudava muito. Não controlava mais o choro, que saía em qualquer lugar, a qualquer hora.

O bom de trabalhar em uma agência de publicidade é que todo mundo está tão acostumado a ser miserável e ansioso e a sofrer que se você começar a hiperventilar no meio de uma reunião e sair para tomar uma água, todo mundo vai entender e talvez alguém te passe um rivotril sem que você precise pedir.

Mas naquele momento não tinha nenhum ansiolítico comigo.

— Por que tu me fala essas coisas? Não te trato assim, nunca te disse nada desse tipo. Tem horas que me sinto sugada, como se você fosse um vampiro sugando meus amigos, minha vida social, meu tempo e depois cuspindo um monte de merda na minha cara!

— É assim que tu te sente?

— Sim!

— É horrível se sentir assim. Tu tinha que te sentir amada e cuidada e gostada. Não dá pra se sentir assim numa relação.

— A gente não tem uma relação, lembra, Matheus? — falei, com aquele sorrisinho amargo que levantava só um lado da boca e um triunfo sorumbático de quem conseguiu emplacar um comentário afiado na própria garganta.

Ele disse que estava se sentindo desconfortável e que me levaria até em casa e depois iria embora. Foi ele que quis que saíssemos naquele dia. Nessa época que antecedeu o término desse relacionamento natimorto, eu estava acuada. Pegava meu telefone para mandar mensagens pra ele e não digitava nada por medo. Porque sabia que, quando nos encontrássemos, ele diria coisas assim.

Ele nunca cogitou que a agressividade dele pudesse ter a ver com o tanto de bala que estava usando nos fins de semana e que causaria alterações de humor em qualquer pessoa minimamente normal alguns dias depois. O ecstasy monopoliza toda sua serotonina, e dois ou três dias depois bate uma tristeza tamanha que você mal consegue levantar da cama. Para mim era comum ficar triste e ansiosa. Pro tanto que ele era plano emocionalmente, devia ser raro. A tristeza devia ser para ele uma novidade. E a culpa era obviamente minha.

Antes de voltar para minha cabana em Carmelo, passei no açougue e comprei dois bifes anchos e três asados de tira. Na quitanda comprei cogumelos, cebolas, batatas, queijo provolone, alface, tomates frescos e quatro garrafas de vinho. Pedi para um taxista me levar em casa.

Quando cheguei, acendi o fogo na churrasqueira do quintal e me servi uma taça. Ia começar a preparar batatas e cogumelos sauté e uma salada para acompanhar um bife ancho.

Ouvi palmas lá fora e o meu nome. Era a voz de Pablo, parado do lado de fora com o seu cavalo e outro menor, muito bonitinho, quase vermelho, com uma crina que caía na testa como se fosse uma franjinha.

— Oi! — ele disse, tentando imitar um brasileiro.

— Hola.

— Você quer ficar com ela?

— Quem?

— Com esta menina aqui — disse, batendo nas ancas do animal menor.

— Como assim?

— Você não gosta de andar a cavalo, não? Ela é muito doce.

— Mas não sei montar.

— Não tem problema não, te ensino.

Lembrei que ele havia me dito que trabalhava no hotel-fazenda como professor de montaria e guia para turistas. Ele comentou que um cavalo seria uma boa maneira de aproveitar as paisagens, ir até as lagunas, sentir o vento bater no rosto.

Ele me explicou que era uma *petisa* — uma petiça, uma égua pequeninha, fácil de montar. Disse que a temporada estava baixa, que ela estava livre e que ele poderia deixá-la comigo quando estivesse na cidade. Perguntei o nome e ele falou que chamavam a éguinha de Luna, mas que poderia dar o nome que quisesse. Escolhi Salomé.

Convidei Pablo para entrar e jantar comigo, mas ele disse que precisava voltar para o hotel, mas que passaria amanhã de manhã para me ensinar a montar, se eu quisesse. Disse também que eu poderia chamar a minha amiga.

Concordei. Quando achei que ele iria embora com Salomé, ele disse que era pra ela passar a noite lá em casa, pra gente fazer amizade.

Não me pareceu nem um pouco estranho passar a noite comendo bife e bebendo vinho, conversando com uma égua rebaixada de franjinha e dois cães.

Salomé ficou ruminando a grama do meu quintal enquanto eu preparava as batatas e depois ficou bem perto de mim enquanto eu assava o bife na brasa. Mexeu o rabo e inclinou o pescoço pra frente quando fui fazer carinho no seu lombo.

Comentei com ela que o bife ainda não estava no ponto certo. Dessa vez estava cru demais, e não jugoso como os uruguaios sabem fazer. Ela deu uma relinchada como se estivesse concordando e aí caminhou até o meio do quintal e ficou levantando um pouco as patinhas da frente, como se sapateasse. Ela era tão fofa, e os cachorros agiam como se ela sempre tivesse feito parte da paisagem.

Antes de dormir dei um abraço longo demais nela e fiquei contente quando ela não respondeu com um coice.

> Sucker love, a box I choose
> No other box I choose to use
> Another love I would abuse
> No circumstances could accuse
> (Every you Every Me, Placebo)*

Entre Vitor e Matheus aconteceu Giovani, a quem aguentei por cerca de cinco meses. Nos conhecemos em uma Virada Cultural. Era amigo de um amigo que achava um desperdício eu gravitar em torno de um cara que nunca saía na rua comigo e que não conhecia ninguém de quem eu gostava porque só me comia em casa.

Estava já sem paciência com Vitor, mesmo, mas era porque ele andava me comendo muito pouco e reclamando muito da vida (parece que a irmã dele estava com câncer), de modo que naquele momento não havia absolutamente nada de vantajoso naquilo.

Agarrei Giovani e fomos pra minha casa, e ele não queria sair mais de lá. Tomou café da manhã e sentou no sofá para ver TV como se morasse ali, e, se eu tivesse deixado, talvez isso tivesse mesmo acontecido.

Ele era bonito e dizia que sabia umas cinco línguas. Não sei se era fluente em tantas línguas assim, mas sei que na língua do sexo oral não era lá muito bom. Só que o pau dele tinha um formato muito específico que me fazia gozar muito e às vezes

---

* Composição: Brian Molko, Stefan Olsdal e Steven Hewitt

por muito tempo, de modo que relevei. De resto, ele falava em português mesmo. E como falava. Falava demais, falava o tempo todo, falava sem parar.

Não é que ele gostasse de conversar; ele falava compulsivamente, de modo que eu não conseguia nem ser escuta para aquela papagaiada, porque depois de um tempo minha cabeça ia pra outro lugar e já não ouvia mais nada. E ele nem se dava conta.

Giovani disse que estava apaixonado lá pela terceira vez em que nos encontramos, mas talvez tivesse dito antes e ficado perdido no meio da tagarelice dele. Não estava nem de longe apaixonada e, como não minto, preferi nem responder. Mas acho que ele também não percebeu minha falta de resposta.

Se pudesse, ele me veria todos os dias, até porque estaríamos morando juntos. Mas como eu não estava disposta a ir tão rápido, ele me ligava todas as noites em que não nos víamos. Chegava exausta do trabalho, mal tinha tempo de pendurar minha bolsa no cabideiro ou fazer xixi e o telefone tocava. Ele me contava do seu dia no trabalho — uma repartição pública que fazia a agência de publicidade parecer até bem divertida — e das novas receitas de comida vegetariana que ele tinha aprendido — todas ruins.

Em duas semanas, ele queria ter o nível de intimidade que Vitor e eu não tivemos em dois anos. E para quem está acostumada com homem blasé, um homem emocionado é absolutamente sufocante. Talvez Giovani fosse demais até para quem ama demais.

Fiz um esforço racional para me manter nessa relação. Depois de tanto tempo de inanição afetiva, um cara carinhoso seria bom para mim.

Mas não me sentia confortável. A sensação era a de que sempre precisava estar disponível para alguma coisa, em geral algo que não me interessava em nada. Giovani queria preencher todos os meus espaços, ia no banheiro e ouvia a voz dele falando pela décima vez de quando ele caiu no banho e ficou com uma cicatriz, entrava na cozinha e ele estava lá preparando um risoto insosso enquanto me explicava qual era o truque para ele ficar tão gostoso, sentava pra ver TV e a única pessoa que escutava era ele contando que tinha visto aquele ator em outro filme, eu colocava um disco do Caetano pra tocar e ele começava a dizer que o *Vapor de Cachoeira* era um barco que começou a navegar em 1819 toda vez que tocava "Triste Bahia", deitava pra dormir e ele me abraçava de um jeito que lembrava muito um mata-leão e ficava falando sem parar sobre como eu era linda e gostosa. Fui absolutamente literal e nem um pouco metafórica nesse parágrafo.

Até que chegou uma semana em que não atendi o telefone na segunda dizendo que estava com dor de cabeça, na terça porque precisava terminar um trabalho, na quarta porque tinha saído com Fernanda. Aí na quinta ele perguntou quando nós nos veríamos e perguntei se poderia ser na segunda. Ele resolveu pedir um tempo e ficou bastante chateado quando tão prontamente aceitei a proposta e decidi estender o tempo até o infinito.

Ele me fez, de certa forma, ansiar pelo que viria depois. É que homem distante era ruim, mas homem presente demais era insuportável. Qualquer homem que ler essa história vai pensar que mulher gosta mesmo é de ser maltratada, porque quando surge um cara legal nós dispensamos. E é engraçado como para um homem "ser um cara legal" significa não agredir a namorada e ligar para dizer "te amo" mesmo que ela tenha dito mil vezes que não gosta muito de ligações.

Fiquei olhando para Salomé e pensando que deveria existir um meio-termo, e que esse meio-termo dificilmente seria um cara que te dá um cavalo.

Mas Pablo não falava muito, e nunca tinha me ligado. E Giovani nunca me deu um cavalo — ou qualquer presente além de sua acachapante presença.

Ademais, Salomé não era dada, e sim emprestada. E tinha dentes muito brilhantes.

> You've already won me over in spite of me
> Don't be alarmed if I fall head over feet
> Don't be surprised if I love you for all that you are
> I couldn't help it
> It's all your fault
> (Head over feet, Alanis ~~Morris~~ Morissette)*

Na manhã seguinte, Pablo apareceu na minha casa às oito como combinado. Fiz um esforço muito grande para sair da cama antes das sete e meia e tomar café. Ele começou a primeira aula ali mesmo. Me mostrou como escovar os pelos de Salomé antes de encilhá-la. Então ele colocou um pelego de ovelha, começando perto da crina do pescoço, e escorregou para o lombo para ela se acomodar no sentido de crescimento dos pelos e pôs a sela por cima do pelego. Prendeu frouxamente a barrigueira da frente, depois o peitoral e a barrigueira de trás. Com a rédea, fez Salomé dar uma voltinha e apertou mais as barrigueiras. Depois mais uma circulada e mais uma apertada. Ele disse que não era pra apertar tudo de uma vez só, e nem forçar demais. A sela precisava estar bem encaixada no lombo e na barriga do animal para ficar firme e não machucar.

Ele me ajudou a subir, o que era meio fácil porque a petiça era pequena, e me mostrou como prender os pés na pedaleira. Cada parte da sela tinha um nome, e eram muitas. Então ele montou em seu cavalo e com uma das mãos segurou Salomé

---

* Composição: Glen Ballard, Alanis Nadine Morissette e Basil Glen Ballard

pela rédea. Fomos cavalgando devagar até o campo onde treinaríamos. Mariela já estava nos esperando com uma térmica e uma cuia preparada para o mate. Reparei que Pablo também tinha um mate a tiracolo e que, enquanto eles batiam papo, cada um foi tomando o seu.

No Rio Grande do Sul era sempre uma cuia maior utilizada por todos, um hábito compartilhado que provavelmente foi a maneira como eu e todos os meus primos contraímos herpes labial quando crianças. No Uruguai, a cuia era menorzinha e o consumo mais solitário, o que não impedia um uruguaio de oferecer um mate na cuia dele para alguém de fora. Mariela me ofereceu a dela. Tomei e lembrei que não era assim grande fã de mate e que já tinha consumido dose considerável de cafeína quando acordei. Temi ter uma crise de ansiedade e lamentei não ter trazido o diazepam comigo.

Mariela já estava mais acostumada a cavalgar, então Pablo deixou que ela usasse o cavalo dele, que aliás se chamava Astor, supus que em homenagem ao Piazzolla. Surpreendeu-me que não se chamasse Artigas, como quase tudo no Uruguai. Durante uns quarenta minutos, ele ficou ensinando a melhor maneira de subir na sela. Repeti os movimentos umas quinze vezes, até conseguir subir sem ajuda dele. Para ela foi mais fácil e em cinco repetições já conseguia ficar firme sobre Astor e dar voltinhas por aí.

Para subir em Salomé, precisava apoiar uma das mãos no pito da sela, segurando a rédea, um pé na pisadeira, e dar um impulso que exigia bastante dos meus glúteos. Agradeci àquelas aulas de yoga on-line, mas doeu no dia seguinte mesmo assim. Mesmo ela sendo baixinha, foi difícil sentir confiança para não usar muito o braço de apoio e dar a volta com a perna de trás sobre o lombo do bicho.

Depois que estava mais ou menos firme sobre a sela, Pablo me ensinou a usar as rédeas. Você precisava bater um pouquinho com as duas pernas na lateral do tronco. Voltar a rédea para um lado posicionava a cabeça do animal, girar para o outro fazia com que andasse naquela direção. Dar uma puxadinha para trás a fazia parar. Não era assim tão diferente de um carro, mas eu não sabia dirigir.

Salomé e Pablo foram muito pacientes nos exercícios de direcionamento. Enquanto isso, Mariela já tinha se arriscado mais longe. Pablo propôs que eu circulasse algumas cercas e fui ganhando confiança. Para montar a cavalo é preciso manter a coluna e o abdome firmes e os ombros relaxados, esse último um dos maiores desafios da minha vida.

Depois de três voltas, tudo ficou mais fluido. Mas aí, sem perceber, acabei batendo duas vezes com as pernas, Salomé começou a trotar e, com isso, meus peitos começaram a balançar para cima e para baixo em alta velocidade. Andar a cavalo sem um bom sutiã tinha sido uma péssima ideia, e eu teria que comprar um excelente top esportivo para vestir nesses momentos.

— Mira! — disse Pablo, admirado com a minha postura durante o trote.

Só que aí fui pendendo para o lado esquerdo e caí de bunda no chão. Mariela e Pablo não sabiam se riam ou me acudiam. Salomé, não tenho dúvidas, riu. Aquele relincho só podia ser uma gargalhada.

— Todo bien? — perguntaram os dois ao mesmo tempo.

— Sim, não doeu muito.

Pablo me explicou que era importante manter a firmeza e o equilíbrio na coluna e a pressão correta nos músculos internos da coxa, mas que isso se aprendia com o tempo.

D epois de quase três horas na aula de montaria, começamos a sentir fome, e meus seios pareciam ter sido usados como sacos de pancada. Pablo disse que precisava cuidar dos cavalos e Mariela tinha que ir para a pousada em que trabalhava. Ela propôs que nos encontrássemos no fim da tarde, no comecinho do pôr do sol, na beira do rio em Punta Gorda, um lugar a cerca de vinte quilômetros de Carmelo. Pablo disse que havia várias parrillas instaladas na orla e se comprometeu a levar tapas de cuadril, Mariela disse que levaria chimichurri, pães, tábuas e talheres. Eu levaria os vinhos, taças e uma toalha.

Nos encontramos pouco depois das seis, e o céu já começava a ficar laranja. Pablo acendeu o fogo, Mariela acendeu um baseado de maconha plantada por um amigo de Corrientes e temperou os bifes com sal, enquanto eu abria o vinho e arrumava nosso piquenique.

Pablo disse que seus pais tinham um açougue e armazém em Carmelo e que tinha passado a infância perto dos cavalos, ganhando muitas competições de montaria pela vida. Cursou uma faculdade de agronomia em Buenos Aires, onde também estudou inglês e trabalhou por um tempo ajudando na compra de fertilizantes agrícolas em uma importadora.

Ele e Mariela às vezes interrompiam o assunto para dar dicas sobre os asados. No Uruguai se preferia a lenha ao carvão. Não se assava os cortes nas chamas, e sim nas brasas. Isso permitia controlar melhor o ponto. Todos concordávamos que jugoso era o único ponto possível. Aquele em que a carne selou por fora e cozinhou o suficiente para ficar macia e suculenta. Mariela tentava me apontar os sinais cromáticos de que o bife havia chegado lá: gordura tostadinha, carne marrom-avermelhada. Pablo tentava me explicar pelo chiado que a carne fazia quando estava no fogo.

Em quinze minutos de conversa muita coisa foi dita, sem prolixidades. Devem ser as frentes frias que nos tornam tão diretos no sul. Mas eles sempre faziam questão de deixar claro que não eram esquentadinhos e briguentos como os argentinos.

— Somos muy buena onda — disse Mariela.

— O trabalho era muito chato, e Buenos Aires cara, poluída e violenta, não gosto de cidade grande — disse Pablo.

Era a primeira vez que ele falava mais de si, ao menos a primeira vez que eu escutava. E ele parecia bem mais interessante do que eu pensava.

Mariela também tinha morado alguns anos em Buenos Aires e concordou. Cidades têm tanto a te oferecer, mil opções culturais que você acaba não frequentando porque a jornada de trabalho e os deslocamentos te deixam esgotado.

— E São Paulo, como é? — perguntou ela.

— É tipo Buenos Aires elevada à décima potência.

Contei como era minha vida na maior cidade da América do Sul. Dos engarrafamentos, das distâncias absurdas, da meleca preta que saía do seu nariz nos dias secos, da garoa ácida que paira no ar nos dias úmidos, da feia fumaça que subia apagando as estrelas. Estrelas, aliás que quase nunca se via. Eles pareciam tristes de ouvir.

— Falando em estrelas, vamos para o Atacama? — propus, me surpreendendo com minha própria frase.

— Daqui a dez dias entro de férias! Vámonos! — respondeu Mariela sem pestanejar.

Pablo disse que infelizmente chegaria um grupo grande de turistas e havia uma competição equestre em Punta del Este.

Mais uma vez, Pablo e eu não transamos. Ele elegantemente nos conduziu até minha casa, onde eu e Mariela compramos as passagens para Santiago e San Pedro do Atacama, reservamos o hotel, a pousada e bebemos mais uma garrafa de vinho. Disse a ela que passaria alguns dias em soledad e a encontraria em Montevidéu para pegarmos o voo para o Chile.

— Que haces em tus soledades? — perguntou.

— Leio, vejo séries. Mergulho no mar quando não está muito gelado, faço massagens relaxantes. Não falo com ninguém. Quase não uso a internet. É como um detox — menti relativamente pouco, omiti muito.

Contei a ela por alto sobre como anos em São Paulo, a publicidade e Matheus tinham me feito almejar a solidão completa vez ou outra e que era meu projeto sabático ter períodos de retiro.

— Que pelotudo! — ela disse, sobre Matheus.

Naquela noite Mariela me contou que fazia parte de uma rede que acompanhava mulheres que precisavam fazer abortos medicamentosos. Disse que, por muitos anos, elas foram clandestinas. Se tornaram cada vez mais públicas, até que veio a legalização. Mesmo depois disso, elas continuaram a prestar o serviço porque a maioria das mulheres precisa de orientações sobre como passar pelo processo e, principalmente, de acolhimento psicológico. Muitas se sentiam culpadas pelo procedimento, e essa era a parte mais difícil. Ela disse que às vezes cedia a casa para que mulheres fizessem o aborto em paz. Me contou quase dez histórias diferentes envolvendo maridos agressores e vários tipos de estupradores — os próprios maridos, parentes, falsos amigos, o pastor da igreja, flertes de balada que acharam por bem drogar uma mulher para transar com ela. Nenhuma daquelas mulheres precisou abortar porque foi atacada por um vulto enquanto caminhava sozinha com roupas impróprias no meio da noite.

Mariela era muito admirável e parecia ter uma coisa que nunca tive: um propósito decente na vida.

Da força da grana que ergue e destrói coisas belas
Da feia fumaça que se sobe apagando as estrelas
(...)
E quem vem de outro sonho feliz de cidade
Aprende depressa a chamar-te de realidade
(Sampa, Caetano Veloso)*

Voltar a São Paulo depois daquela noite pareceu ainda mais deprimente, mas um pouco nostálgico. Lembrei de como cheguei lá cheia de empolgação aos vinte e três anos, depois de ser aprovada no programa de trainees da agência. Tudo parecia maior, mais excitante, mais extremo que em Porto Alegre.

Finalmente viveria aquele ritmo acelerado, teria a chance de brilhar profissionalmente e, quem sabe, virar a Washington Olivetto. Como eu era ingênua.

Cidades grandes te oferecem muito, mas te dão muito pouco. A oferta de restaurantes é variada, sempre tem uma ou outra exposição ou mostra de cinema acontecendo, as mais doidas baladas chegam para os mais bem informados. Mas só que frequentemente você não tem tempo, energia ou dinheiro para aproveitar tudo isso. E é provável que se mate trabalhando ainda mais para fazer valer o sangue que você derrama para garantir aquele estilo de vida, para depois gastar o extra que você ganha em massagens, tratamentos holísticos e nos mais recentes drinks e pratos da moda para relaxar depois de tanto trabalhar.

---

* Composição: Caetano Emmanuel Viana Telles Veloso

Em alguns anos morando num apartamento frio e sem sol, porém perto de cafés que tocavam música indie, serviam blends especiais e tortas de chocolate belga feitas com cacau orgânico, restaurantes que inventavam novas maneiras de misturar abacate e nozes em saladas com plantas alimentícias não convencionais, padarias de pão artesanal e um cemitério cheio de estátuas de bronze, onde eu ia relaxar às vezes e pensar em como é triste virar uma ossada num jazigo de onde roubariam as portas e as placas de cobre, o que me fazia lembrar em como fazer logo um plano funerário com cremação. Sinto que em São Paulo me tornei mais fresca e mais amarga.

Não é de todo ruim. Na verdade, a cidade te vicia. Porque tudo está disponível para você.

Frango frito no meio da madrugada.

Deep house embaixo do viaduto.

Feijoadas de quarta-feira, que eram a única ocasião em que paulistanos sabiam preparar feijão.

Rodízios de comidas japonesas tradicionais ou maculadas por cream cheese.

Médicos de todas as especialidades que te pedem mil exames desnecessários para tirar dinheiro do plano de saúde e nunca olham pra você direito.

Centenas de botecos em que a comida é muito ruim e a cerveja é meio quente, mas que por algum motivo são defendidos com unhas e dentes pelos seus frequentadores e, quando você menos espera, está defendendo um.

Padarias que são mercados, restaurantes, adegas, cafés, confeitarias e soperias ao mesmo tempo.

E sim, muitas coisas terminadas em "aria" ou "eria". Cervejarias. Frangarias. Brigaderias. Torterias. E centenas de hamburguerias. Nenhuma cidade do mundo tem tantas hamburguerias por habitante como São Paulo, o que sempre me surpreendeu porque hambúrguer nem é assim uma comida tão boa, e existem muitas maneiras melhores de apreciar carne. Mas todo paulistano dizia que tinha um lugar incrível pra te mostrar e te levava em alguma hamburgueira chocha que te fazia questionar a fama gastronômica da cidade.

Para quem não é uma branca publicitária que nem eu tem sambas, rap, espetinho de churrasco, ocupações de prédios inutilizados por pessoas que precisam de moradia e mais um tanto absurdo de coisas que eu nunca conseguiria nomear. No mínimo uma vez por semana descobria um bairro chamado Vila Alguma Coisa ou Jardim Não Sei o Que Lá. E tem também arte contemporânea na Bienal e Portinaris no MASP.

Aह sim, os Portinaris do MASP.
Eu e Matheus não namorávamos, como ele fazia questão de frisar. Pensando bem, eu também fazia. Mas absolutamente não queria cogitar que ele comesse outras mulheres. Sou uma ridícula que é monogâmica sem namorar. Devo ter transado com uns dois caras quando estávamos juntos, e nunca soube o nome deles. Estava liberado até porque nunca falamos disso.

Simulava ser livre de ciúmes. Aprendi que mulher ciumenta que gosta de DR e faz cobranças é chata. E acho que homens ciumentos que gostam de DR e fazem cobranças são chatos. Para não ser chata e não legitimar o comportamento de um chato, engolia meu ciúme e o escondia por trás do meu sorrisinho de um lado só.

Quando estava com Vitor, o Facebook passava o dia me mostrando seus flertes descarados com dezenas de mulheres, curtindo posts, mantendo conversinhas nos comentários. Minha estratégia para não ter que aceitar que tinha ciúme do homem que me comia de vez em quando era bloquear todas elas. Mentira — primeiro stalkeava obsessivamente, descobria muita coisa sobre elas, depois bloqueava.

Matheus não dava mesmo muito motivo para ciúme. Se fosse comparar a maneira como a gente se comportava, eu parecia ser bem mais propensa a sair pegando todo mundo por aí do que ele — e eu também achava confortável passar essa imagem de que era piranha e livre para o mundo, porque ajudava a esconder o meu romantismo recalcado.

Mas morria de ciúme de Carla. Porque Carla, sempre que Matheus podia, a mencionava. Aliás, mencionava também Suzana, sua primeira namorada. Sempre havia comparações, implícitas ou explícitas. Suzana tinha peitos maiores. Carla gozava dando o cu sem precisar tocar uma siririca. O orgasmo de uma delas era muito muito forte, o meu gozo era suave. Suzana era muito doce, Carla muito desconstruída, leitora de Marcuse. Ambas tinham hábitos bem menos burgueses do que os meus, Suzana porque era de origem pobre, e Carla porque era meio hippie — mas na verdade acho que era por falta de dinheiro e opções mesmo, afinal, ela era jornalista na *Zero Hora* e ganhava muito pouco. Suzana foi sua namorada por seis anos. Carla, sua não namorada por alguns meses.

Carla era a ex mais recente, e a ex que ainda gostava dele, a ex que ele dava a entender que ainda era apaixonada. A ex que uma vez foi mandar um nude pra um ficante e mandou pra ele.

A ex cujo Instagram e o Facebook escrutinei várias vezes por dia no começo. Uma vez por dia depois de um mês. Depois uma vez por semana. Até que parei com isso porque a vida dela parecia bem desinteressante. Óbvio que nunca contei pra Matheus nada disso.

Mas eis que teve uma vez, depois de meses sem acessar o Instagram de Carla, que resolvi dar uma olhada. E aí lá estava. Uma foto dela em São Paulo, no MASP. Ao fundo aquela camiseta preta puída, aquele jeans rasgado e um All Star velho na frente do quadro *Retirantes*, do Portinari. A foto era de um fim de semana em que eu estava viajando.

Senti uma pontada no intestino e fui cagar na hora. Sempre cagava pontualmente às 11h, mas naquele dia foi às 21h mesmo. Sentia vontade de vomitar ou cagar quando descobria algum tipo de traição — de amigo, parente ou namorado.

Mas não era traição, porque não era namoro, certo?

Não consegui manter minha fachada blasé dessa vez. Printei a foto e mandei para Matheus. Ele pegou um Uber até minha casa e me prometeu que não ficava mais com ela, que queria ficar comigo. Eu disse que precisávamos de um acordo: com camisinha sempre, sem pegar telefone ou Instagram, com ex, jamais.

— *Keep it safe, keep it casual* — disse ele, concordando.

Naquela noite bati nele durante o sexo. Descarreguei minha raiva em bofetadas e cintadas, e eu não era muito boa nisso. Mas ele aceitou. Não podia apenas dizer que queria namorar monogamicamente, porque não condizia com meu personagem e porque não queria dar essa satisfação a ele.

Que, aliás, ficou satisfeito mesmo.

— Naquele dia percebi como tu gosta de transar comigo.

Homem adora mulher que dá chilique de ciúme, no fim das contas.

De tudo que ele fez, comer a ex enquanto não namorava comigo foi o menor dos problemas. Mas só que, depois que ele terminou comigo, fui mais uma vez checar quais eram as últimas aventuras da vida morna de Carla.

Nenhuma. Tanto que ela tinha postado um #tbt. Uma lembrança de um fim de semana em São Paulo. Na minha casa. Sim, no meu apartamento. Era meu quadro do Miró atrás dela, minha estante de livros, minha luminária. Estava viajando em agosto, lembrei bem. Tirei férias e fui pra Pernambuco sozinha.

E ele aproveitou aqueles dias para não só comer a ex dele, mas para comê-la na minha casa e na minha cama.

Quando voltei daquela viagem pedi que ele fosse correndo até minha casa porque estava doida para trepar com ele. Depois do sexo, vi uma mancha grande de sangue seco no lençol e foi esquisito porque não lembrava de ter manchado daquela forma aquele lençol.

— Ah, você estava menstruada da última vez, não?

Não, não estava. E por mais que odiasse lavar roupa ou fazer qualquer tarefa doméstica, não seria tão porca a ponto de ir viajar e deixar um lençol manchado de sangue na cama. Teria, no mínimo, colocado no cesto de roupas sujas. Mas vá que estivesse menstruada mesmo, vá que tivesse saído com pressa.

Mas óbvio que não, o sangue não era meu. Ele comeu Carla na minha cama, e depois me comeu em cima da menstruação seca dela.

Chegando em São Paulo me transformei de Beatriz em Maeve no banheiro de um restaurante do aeroporto. Estava me especializando em desfazer e fazer maquiagens cada vez mais rápido e em espaços minúsculos. De lá, fui direto para Santa Ifigênia, onde comprei um projetor melhor para a próxima sessão. Ele tinha comprado Toddynhos sabor floresta negra e me surpreendeu que estivesse diversificando tanto assim o paladar.

Naquela noite, ele demorou um pouco mais e bebeu o achocolatado com midazolam só à meia-noite. Anestesiei-o e o posicionei sentado com as costas apoiadas no travesseiro, depois pus duas gotas de LSD embaixo de sua língua, junto com escopolamina. Acordei-o com flumazenil injetável quando já transmitia uma versão editada de *Lua de Fel*, do, sim, eu sei, estuprador Roman Polanski.

Nenhum filme simbolizava tão bem nosso relacionamento. Encontro arrebatador, sexo intenso, paixão doida que foi se transformando em amargor, ressentimento, até que um de nós ficasse completamente fragilizado, e, no caso, esse um era eu. Humilhada, agredida e com a autoestima carcomida. E sequer tinha Paris como locação.

Mas havia uma reviravolta. Mimi, minha personagem favorita da história do cinema, retornava anos depois de ter sido abandonada pelo fracassado escritor Oscar. Ela o visitou no hospital depois de um atropelamento não tão grave. Graças a uma licença poética, Mimi consegue deixar Oscar paralítico apenas puxando seu braço e fazendo-o cair no chão.

Ela se vinga da forma mais feminina possível: pelo cuidado. Eles vão morar juntos e ela que lhe dá banho, mas o esquece lá na banheira gelada porque está batendo papo com algum flerte, obrigando-o a rastejar, ainda sujo de sabão, em busca de uma toalha e roupas quentes. Ela transa com um dançarino flexível e gostosão com a porta do quarto aberta enquanto ele assiste tudo, melancólico, da sua cadeira de rodas. Os dois seguem em sua espiral de desgosto até que chegam a um fim inevitável: a morte dos dois. No fim, Oscar atira em Mimi e depois em si mesmo.

Fiquei passando as cenas da humilhação e redenção de Mimi com a trilha do filme, do Vangelis.

— Matheus, tu lembra daquela vez que tu me humilhou na frente dos meus amigos? Que tu chegou numa roda cheia deles e perguntou se eles não me achavam tóxica e aí contou meia dúzia de piadinhas impróprias das quais o coautor era tu? Lembra que fiquei paralisada com cara de palhaça? E isso nem foi o pior, nem está perto do pior. E tu sabe disso.

Como antecipava, Matheus começou a falar. A possibilidade de nós conversarmos não estava no roteiro d'O Plano Original e fiquei absolutamente surpresa e incomodada quando ouvi a voz dele pela primeira vez. Mas quis ouvir de novo. Saber tudo que tinha ficado subentendido naqueles silêncios. E aí fomos surpreendidos novamente, porque o que ele falou eu não esperava.

— Ana, tu nunca seria uma boa mãe.
— Tu acha que tu seria um bom pai?
— Tu é muito irresponsável para ter um filho.

— Você é violento.
— Nunca fui antes de ti!
— Ah, é, Matheus?
— Tu me forçava a fazer isso.
— Como?
— Tu é toxica.
— Porque viajo, como carne, uso droga e me irrito quando a descarga estraga?
— Tu disse uma vez que não namoraria com um homem gordo.
— Tu nunca ficou com uma mulher gorda.
— Mas namoraria.
— Desde que tu terminou comigo tu saiu com umas cinco, todas magras e parecidas comigo. E com a Carla.
— Uma vez tu xingou o segurança da balada.
— Eu reclamei que eles estavam segurando a fila pra fazer parecer que a balada estava concorrida.
— Uma vez tu brigou com um cara...
— Porque ele achou certo furar uma fila em que as pessoas estavam esperando por quase uma hora.
Fila, em São Paulo, é um assunto muito delicado.
— Conta a verdade, Matheus... Tu nunca bateu na Suzana?
— Ela caiu da escada de um sítio que a gente alugou uma vez. Eu empurrei ela porque ela me xingou, disse que eu tava fedendo a cachaça, aí ela bateu com a cabeça e se cortou. Eu me senti mal.
— Tem uma foto de vocês em que ela tá com a mão enfaixada. Foi você?
— Foi de um dia que a gente brigou. Mas ela veio pra cima de mim porque achou que eu tinha traído ela, só me defendi e ela acabou quebrando o dedo.
— Te defendeu como?

— Segurei o braço dela com força e, quando ela tentou tirar, acabou quebrando o dedo.
— E tu tinha traído?
— Tinha ficado uma vez com uma guria numa festa da faculdade de arquitetura.
— E tu admitiu pra ela?
— Não.
— Disse que ela estava louca?
— Disse que era coisa de gente ciumenta.
— E a Carla?
— Não fiquei muito tempo com ela. Vim pra São Paulo uns meses depois que a gente começou a ficar.
— Não deu tempo de você bater nela, então?
— Eu... Acho que forcei sexo duas vezes.
— Como assim, você "acha"?
— Um dia ela estava meio bêbada e disse que não queria. Outro dia eu queria comer o cu dela e ela disse que aquele dia não. Mas eu sabia que ela gostava.
— E aí você comeu?
— Sim. Mas me envergonho muito disso.
— Então por que tu me bateu?

Pela primeira vez, vi Matheus chorar. Não foi um choro convulsivo, foram lágrimas silenciosas. Me perguntei se ele sentia mesmo algum remorso.

Estava com muito nojo e ia embora, mas antes decidi fazer outra pergunta:

— O que tu disse para a Carla quando comeu ela no meu apartamento? Era evidente que não era tua casa, né?
— Disse que uma amiga tinha ido viajar e me deixou ficar na casa dela enquanto consertavam o encanamento na minha.

Era uma explicação muito razoável.

— E por que tu fez isso?

— Porque tu nunca lembrava de mim quando saía de férias, Ana. Nunca me incluía nos teus planos.

Com isso ele confirmou tudo o que já tinha ficado claro antes. O discurso sobre não querer namorar, o fato de nunca termos dito que estávamos apaixonados, tudo era uma performance babaca. Dos dois. Mas principalmente dele, porque se em algum momento ele tivesse dito que queria namorar comigo, eu teria aceitado. Se ele parecesse disposto a tirar uns dias do trabalho e ir comigo pra Pernambuco, iria com ele feliz, ainda que em retrospectiva a companhia dele fosse acabar estragando uma viagem boa. Ele confirmou também que era um agressor recorrente.

Depois disso o apaguei com midazolam. Às vezes, chamam a escopolamina de soro da verdade. É uma das drogas que podem ser usadas para roubar pessoas e estuprar mulheres no golpe do Boa Noite Cinderela. Junto com as outras que eu costumeiramente usava, ele não conseguiria se lembrar dessa noite.

Fui dormir com asco. Talvez devesse desistir de tudo aquilo. Estava com saudades dos meus amigos de São Paulo e também de Mariela e Pablo. Queria Salomé de novo no meu quintal. Me afeiçoei à rotina de todos os dias levá-la para pastar e cagar pela manhã, tentar encilhar e montar corretamente à tarde. Ela era gentil e nunca me deu um coice. Fiquei feliz de lembrar que Pablo estava cuidando muito bem dela.

> *This tainted*
> *Take my tears and that's not nearly all*
> *Sainted love*
> *Sainted love*
> *(Sainted love, Soft Cell)**

Além de Vitor, o indiferente; Giovani, o emocionado; e Matheus, o abusador, minha vida afetiva teve outros homens babacas mais breves e menos marcantes. Teve o Michael, o alemão fantasminha que fez ghosting depois de dizer que me amava; Julio, o cocainômano narcisista; Juliano, o homem que achou legal se agarrar com outra na minha festa de aniversário sabendo que eu ainda gostava muito dele. Teve muitos potenciais babacas também, dos quais desviei a tempo.

"Nossa, mas você tem o dedo podre, Ana."

É isso que dizem de toda mulher que já se deparou com homem escroto na vida, que é qualquer mulher que já tenha se relacionado com um homem, porque até agora nunca soube de um que, ao menos em algum momento, não tenha sido horrível. A safra está toda estragada, mas é o nosso dedo que é podre.

E teve Leonardo, o ciumento obsessivo. Ele foi o meu primeiro namorado e o único com o qual me senti segura. Ele cozinhava, me tratava bem e se preocupava comigo. Era muito, muito ciumento. Um dia viu no meu celular uma mensagem

---

* Composição: Edward Cobb

dizendo "às três no posto da Venâncio com a João Pessoa" e fez um escândalo. Eu contei a ele que ia pegar uma camiseta de uma marca alternativa que ele tinha gostado e, para ele acreditar mesmo no motivo daquela mensagem, teve que me acompanhar até a maldita loja de conveniência e me ver receber o presente, que não era mais surpresa. Teve a outra vez em que emagreci de desgosto por causa de um trabalho infeliz no qual eu tinha que acordar às 4h da manhã, e a estúpida aliança de compromisso comprada no Brique da Redenção, que na verdade era um marcador de gado, caiu no chão ao lado da cama e não consegui encontrar. Ele fez da minha vida um inferno.

Eu era trouxa o suficiente para achar que aquele ciúme todo significava fidelidade. Mas óbvio que não. Em algum momento, descobri que era corna. De sei lá quantas. E ele me convenceu de que a culpa era minha porque eu não falava "Eu te amo" vezes suficientes ao telefone e porque não prestava atenção no relacionamento por estar "ocupada demais". Estava fazendo meu trabalho de conclusão de curso da faculdade, trabalhando de madrugada e tive cinco herpes labiais em dois meses de tanto estresse, mas era ele quem precisava de atenção.

Porém, o episódio mais ridículo foi já no último ano de namoro. Ele estava estudando loucamente para um concurso de analista do Ministério Público Federal. O sonho dele era se tornar promotor, delegado ou juiz em algum momento. A ansiedade das provas se aproximando era uma desculpa perfeita para ser escroto comigo.

Um dia ele fez bifes para o jantar e trouxe nossos pratos até a mesa. Quando dei o primeiro corte, disse que estava cru demais. E estava mesmo. Estava frio por dentro. E por mais que goste de bifes malpassados, aquilo não estava muito bom.

— Para de reclamar! — ele disse.

Garfei o bife do prato dele e coloquei o meu no lugar. Ele se levantou, bufou, deu três socos na quina da porta e me levantou da cadeira, me agarrando pelas axilas como se faz com uma criança. Me segurou com força e me deu três palmadas violentas. Foi uma cena ridícula.

— Se tu fizer qualquer coisa parecida com isso de novo, vou na polícia e tu nunca mais entra em um cargo de concurso.

Ele se arrependeu amargamente. Terminei alguns meses depois, porque havia me mudado para São Paulo e só fui perceber a gravidade dessa situação muitos anos mais tarde. Pensando bem, o epíteto de Matheus deveria ser Matheus, o abusador, segundo de sua linhagem.

Não deixa de ser irônico que meu primeiro caso de violência doméstica tenha sido por causa de um bife.

> She's good to me
> And there's nothing she doesn't see
> She knows where I'd like to be
> But it doesn't matter
> (I Want you, Bob Dylan)*

P assei por momentos de tensão ao retornar ao Uruguai. Ao passar pela verificação de segurança, disseram que precisava passar pela revista aleatória. Não carregava nenhuma droga comigo e a coisa mais estranha da minha mochila eram a peruca e as maquiagens. Mas não queria que ninguém olhasse para a cara de Beatriz por tempo o suficiente. Alguém poderia perceber aquela pele alaranjada de bronzeador, as camadas grossas de base e a peruca e talvez pedisse para olhar o documento com mais atenção. Mas Beatriz é uma mulher branca e loira, e ninguém nunca acha que uma mulher branca e loira seja traficante internacional, golpista ou assassina. Um homem abriu a mala e revistou com pouca atenção dois dos bolsos. Abriu um estojo de maquiagem e sua expressão não mudou. Então fechou a mala e me desejou boa viagem.

Encontrei Mariela em Montevidéu para embarcarmos para Santiago. Já havia passado três dias lá a trabalho e achado tudo muito sem graça. Mas uma reunião de agências de publicidade e TPM são uma combinação capaz de tornar qualquer cidade

---
* Composição: Bob Dylan

ruim. Quem sabe em outro contexto simpatizaria com a capital chilena? Mas isso só saberia depois porque, tão logo desembarcamos lá, pegamos um voo que tremia sem parar em cima dos Andes até San Pedro de Atacama. Os comissários garantiam que isso era normal, mas tive que tomar um diazepam e segurar forte a mão da minha amiga.

É uma cidadezinha a dois mil e quatrocentos metros de altitude, pensada para turistas, com casinhas de adobe cor de terra, restaurantes caros, lojas de souvenir, muitas agências vendendo excursões para as atrações, muita poeira e muitos, muitos, muitos vira-latas sujos. Depois descobri que cachorros de rua são uma paixão nacional chilena. Adorável.

Nossa pousada ficava um pouco longe das ruas principais e oferecia transfer. O motorista era um chileno bem mais alto do que a média e chegou num carro velho tocando um sertanejo de Marília Mendonça a todo volume. Era "Infiel", e eu ri um bocado. Mariela não entendeu e expliquei a ela os conceitos de feminejo e sofrência, ainda que não conhecesse o gênero musical tão bem assim — da sofrência em si eu era íntima.

O nosso quarto tinha duas camas de solteiro, paredes brancas caiadas, uma mesinha de madeira desgastada, uma cômoda de aço com gavetas fechadas com cadeados, um espelhinho pequeno de moldura laranja, uma das coisas mais latino-americanas do mundo, e um único quadro tamanho A4 na parede, uma foto de uma montanha colorida no meio do deserto.

Pensei que devíamos ter escolhido uma pousada mais perto do centrinho da vila, mas mudei de ideia quando vi aquele quintal cheio de redes e escuro, o que permitia ver as estrelas com mais clareza.

Chegamos por volta das 13h no primeiro dia e deu tempo de fazer o primeiro passeio. Entramos num ônibus e fomos até o Valle de la Luna, a quinze quilômetros da cidade. O céu ainda estava bem azul quando chegamos e já demos de cara com um visual incrível. Ver todas aquelas montanhas secas e marrons cercadas de um solo que, dizem, parecia de outro planeta, mas eu não tinha como saber o quão exatas eram as fotos extraterrenas.

Aí o céu começou a ficar violeta. Com uma camada de magenta em cima. E depois uma grande faixa laranja encimada por raios difusos bem amarelos. As montanhas foram ficando roxas e rosadas com uns reflexos dourados. Talvez aquele tenha sido o entardecer mais encantador que vi na vida. Antes de as estrelas tomarem conta de tudo, voltamos para o ônibus e paramos para comer um lomo saltado em um restaurante onde tocavam músicas tradicionais, e, no meio delas, canções como "En la boca de la botella", que era uma versão em guitarrón chileno de "Na boquinha da garrafa". Tive que dar mais uma aula de cultura brasileira para Mariela. E ela, sempre com a câmera a tiracolo, me deu muitas lições de fotografia.

No dia seguinte, acordamos bem cedo e fizemos um passeio pelas lagoas vulcânicas que eram muito azuis ou muito verdes e ficavam deslumbrantes no meio da terra vermelha. De noite, fomos observar as estrelas e os planetas em um lugar com telescópios apontados para várias constelações. Quando o guia pediu que todos ficassem quietos, desligassem seus celulares e olhassem para cima, parecia que um véu conectava as infinitas estrelas. Era a Via Láctea.

Depois de mais dois dias fazendo passeios em San Pedro, já estávamos mais acostumadas à altitude e prontas para a maior aventura da viagem: cruzar a fronteira com a Bolívia e andar pelo meio do deserto até o Salar de Uyuni, para então retornar por um caminho mais curto. Pesquisamos qual era a companhia de turismo que realizava aquela viagem com mais segurança, mesmo que custasse mais caro. Enviei uma mensagem para

Fernanda dizendo que ficaria três dias longe, absolutamente sem internet, e que se eu não desse mais notícias, pelo menos teria morrido com uma vista bonita. Embarcamos numa camionete dirigida por um boliviano. Estávamos carregadas de água mineral, lenços umedecidos, neosaldina e folhas de coca para evitar os efeitos do soroche, o mal da montanha, um mal-estar potencialmente horrível que vem com a altitude.

— Llamome Felicio! De feliz! — disse o motorista.

No carro estavam também dois gays australianos e uma francesa chamada Agnes. Todos nos rendemos ao inglês, o meu bem mais polido do que o de Mariela, que necessitava de algumas traduções.

A viagem disparou mesmo depois de passarmos por um casebre de alvenaria com as palavras Migración Bolívia escritas em letras tortas e uma bandeira do país que não estava tremulando nem um pouco. Depois de alguns quilômetros, era deserto, montanhas e vulcões para todos os lados e nem dava para perceber que subíamos sem parar.

Não sei como Felicio e os outros motoristas conseguiam se guiar por aquele caminho sem estradas. Eles sabiam inclusive os poucos pontos do deserto em que conseguiríamos um fraco sinal de telefone e te levavam com exatidão para os locais de observação, como um lago vermelho cheio de flamingos cor de laranja que parecia um sonho maluco.

Na primeira noite, paramos em um hostel no meio do nada em que uma boliviana nos serviu purê de batata com salsichas grelhadas. Aliás, durante todo o trajeto não faltaram comidas enlatadas e, embora não muito gostosas, honestas. De qualquer forma, a crescente altitude tirava o apetite dos viajantes e, aos poucos, ia instalando uma dor de cabeça latejante. O café da manhã, almoço e jantar estavam incluídos, e Felicio arrumava as latas de atum, milho, ervilha e os pães sobre a mesa como se servisse um banquete. Ele parecia sempre muito feliz mesmo.

A lua estava quase cheia e ia subindo por trás de um morro. Entrei animadíssima e avisei pra todo mundo:

— O céu está incrível. Ali, é ali que está o céu mais bonito de todos.

Saí correndo na frente de todo mundo apenas para parar sem fôlego cinco passos depois, entendendo o sofrimento de jogadores de futebol que têm que jogar em La Paz.

Estendi uma canga no chão. Douglas Adams só achava que todo viajante precisava de uma toalha porque não conhecia a canga, esse ícone brasileiro que é muito mais leve, ocupa menos espaço na mala e tem mil utilidades. Eu e Mariela deitamos no chão e ficamos olhando para o céu com as mãos cruzadas atrás da cabeça.

— Sempre quis viajar, mas nunca tive muita coragem para isso — ela disse.

Achei muito estranho. Nunca imaginei que ela pudesse não ter coragem de alguma coisa. Foram anos acompanhando abortos ilegais, facilitando o contrabando de remédios abortivos e ajudando mulheres a passar por tudo aquilo, muitas vezes presencialmente, mostrando o rosto, literalmente botando a cara. Além disso ela terminou um casamento, largou um emprego estável e uma vida que ela mesma dizia que era calma.

— Não falo bem inglês, tenho medo de me perder, de ser roubada, ficar sem o passaporte. Tudo pra mim parece meio enigmático. Como escolher as passagens? Os hotéis? Como não ser enganada na troca de dinheiro, como não sofrer golpes?

— Depois de começar você se acostuma com essas coisas. Perrengues e golpes fazem parte de qualquer viagem, mas tem que ser meio esperta mesmo. Não se deixar seduzir por promessas de festas perfeitas que ninguém conhece. Com o Trip Advisor fica tudo mais fácil.

— Invejo os homens. Eles viajam por aí pegando carona e nada acontece.

— Pois é. Alguns já me contaram de roubos e ameaças, mas pra gente é muito mais arriscado. Você e seu ex nunca viajavam?

— Ah, não. Fomos para Argentina uma ou outra vez. Mas ele era um chato. Não era uma pessoa ruim, mas nada acontecia. E gozava muito pouco com ele.

— Sério? Olhando pra trás acho que a única coisa boa dos homens com quem fiquei por mais tempo era sexo. Eu engancho em piroca.

— Pois é. Acho que só aprendi a aproveitar o sexo depois que pulei fora daquela chatice. Cresci achando que casar era obrigatório para viver. Era simplesmente o que as pessoas faziam depois de certa idade. Nunca me perguntei se eu queria mesmo me juntar a uma pessoa e ficar o resto da vida com ela. Escolher uma profissão e me agarrar a ela até me aposentar. Depois de uns anos percebi que precisava de aventuras.

— Trabalho é uma coisa muito triste. Invejo a maneira como o lance com as socorristas te faz feliz. Nunca soube o que era ser realizada. Cada campanha que ia ao ar me deixava mais triste.

— Não me faz tão feliz, não. É horrível. Fico sabendo de coisas terríveis e acolher mulheres que passaram por elas é muito desgastante. Elas passaram a vida toda ouvindo que ser mãe era ser feliz e que aborto é pecado. Mas sim, o momento em que elas expulsam aquilo e choram de alívio é muito gratificante.

— Acho que nunca tive um objetivo na vida. Só quando era jovem e fantasiava ser bem-sucedida na publicidade. Mas passou rápido. Trabalhava para ganhar dinheiro, pagar as contas e bancar minhas férias. Me relacionava para transar. Uma vez um alemão com quem eu ficava me perguntou qual era o grande objetivo da minha vida e gritei: COMER.

— Jajajajaja.

— Agora que não tenho que fazer nada além de comer, me sinto aliviada, mas também completamente perdida. Não sei para onde ir, e isso é o que penso em todas as minhas soledades.

— Você é engraçada. E gosta de cozinhar.

— Mas gerenciar uma cozinha é tão difícil. Ganhar dinheiro sendo engraçada também.

— Tudo é meio difícil. Se não é difícil por causa do esforço que você faz, é difícil por causa do tédio que você passa.

— E às vezes pelas duas coisas.

Rimos e fomos dormir, de conchinha, para lidar com aquele frio todo.

No segundo dia seguimos pelo deserto, parando em vulcões ativos e fumegantes, montanhas coloridas e culminando no fim da tarde no pequeno povoado de San Juan, no meio do nada. Caminhamos por um cemitério em frente a uma igrejinha, cheio de fitas coloridas amarradas nas cruzes, e cheguei muito perto de uma lhama que quase cuspiu na minha cara. O tempo todo estive segura de que tudo estava sendo propriamente fotografado por Mariela.

Ficamos em um hostel de sal, que foi a primeira oportunidade de tomar um banho até então. O jantar teve sobrecoxas de alguma ave misteriosa e até uma tacinha de vinho.

Lá vimos aquelas mulheres bolivianas trabalhando com os filhos no colo e andando impassíveis pelo deserto. Os bebês tinham bochechas muito vermelhas e engatinhavam com uma rapidez que só era possível para quem nasceu a mais de quatro mil metros de altitude.

À noite ficamos sentadas na sala do hostel enquanto dois bebês de mais ou menos um ano brincavam com baldes enfiados na cabeça.

— Matheus competia contigo, não?

— Não sei. Ele parecia se sentir muito superior a mim em todos os pontos. Uma pessoa boa, com planos de mudar o mundo, crítico ao consumismo, ao carnismo, ao capitalismo e principalmente a mim.

— Acho essa necessidade dos homens de nos rebaixar muito competitiva. Pedro me rebaixava também. Ele era editor do jornal enquanto eu era só uma fotojornalista. Quando fui promovida ele foi incapaz de ficar feliz. E era estranho, porque ao mesmo tempo em que ele queria se impor, ele queria que me impusesse a ele dentro de casa e controlasse tudo.

— Isso é tão cômodo pra eles, né? Hoje percebo que o minimalismo de Matheus era só preguiça de comprar móveis decentes e arrumar a casa. Mas ele ansiava mesmo por isso, porque ficava muito confortável no meu apartamento.

— Pedro admirava minhas fotos mais artísticas. Mas quando eu investia nesses projetos, ele fazia de tudo para me desencorajar. Era como se ele não quisesse que eu brilhasse. Eles se sentem ameaçados por mulheres talentosas e meio bravas. Nos acham castradoras.

— Não, acho que percebem que nosso falo é maior que o deles.

— Clitóris já são grandes, maiores que muitos falos, não precisamos de um.

— Verdade. São eles que querem nos castrar!

A psicanálise foi construída nessa ideia. A de que somos incompletas, que desde cedo nós percebemos que fomos castradas e assumimos esse papel de metade. Mas é o contrário. Os homens é que desde muito cedo perceberam que a humanidade não existe sem nós, então fizeram de tudo para arrancar nosso poder e nos convencer de que não podemos viver sem eles.

— Y Pablo? — perguntou Mariela, depois de um silêncio reflexivo.

— Que que tem?
— No seas tonta!
— Ah, nós ficamos só duas vezes, né. Foi bom, mas meio sem graça. Esperava que ele tivesse uma pegada um pouco mais forte, sabe? Você viu o tapa que ele deu no quadril da Salomé, e ela até deu uma sapateadinha? Era aquilo que eu queria. Mas ele é bem suave, esperava mais daquele homem rústico.
— Jajajajaja. Pues pidelo!
— Pois é, nunca cogitei pedir. Com os caras que fiquei, tudo foi tão automático. A conexão sexual foi instantânea, era como se eles adivinhassem.
— Sim, e eram todos uns babacas.
— Ah, né? Homem escroto transa bem, porque alguma qualidade tem que ter. Mas o Pablo é gente boa mesmo.
— Y esta enamorado de ti.
— Nos vimos algumas vezes e ele nunca tomou iniciativa nenhuma. Parece querer ser nosso amigo mesmo.
— Seu clitóris é maior que o falo dele.
— O pau dele é bem grande até!
— Estou falando do falo metafórico. Mas ele não parece se importar com isso, pelo contrário. Acho que ele é dos poucos que realmente gosta de mulher assim. Não vai tomar nenhuma atitude porque é sempre a mulher quem manda.
— Será?
— Sim. Talvez nosso fardo seja ter que tomar iniciativas na vida porque ninguém vai tomar pela gente. É foda, mas poder dá um trabalho doido.
— É. Acho que é por isso que gosto tanto de apanhar na cama. É o único lugar em que sinto que não preciso coordenar nada.
— Muy típico.
— E você, se apaixonou por alguém?

— No! Carmelo só tem turistas, e a variedade local não é tão grande. Teve uma argentina, a Belén, que passou uns dias lá na pousada e nós ficamos muito próximas. É triste que tudo lá seja feito para casais, casais heterossexuais. Se a pessoa viaja sozinha, não conhece muita gente. Aí acabamos ficando e ela era incrível. Era das socorristas de lá! Foi a primeira vez que senti vontade de ficar mais tempo. Mas aí ela voltou pra Buenos Aires e passou.

— É a primeira vez que você se refere a alguma transa sua pelo nome.

Pela manhã avançamos de madrugada pelo Parque Nacional do Salar de Uyuni para ver o nascer do sol. Paramos no meio do deserto de sal e ele era tudo isso mesmo. O reflexo do sol da manhã nas poças de água fazia o mundo parecer um espelho, um reflexo mais bonito dele mesmo.

Toda hora, o guia chamava o grupo para tirar fotos idiotas em perspectiva. Uma latinha de cerveja gigante com pessoas pequeninhas lá atrás. Todo mundo saindo minúsculo de dentro da mochila de alguém que estava sentado na frente. Aquela felicidade toda me irritava porque não tinha nada a ver com o lugar.

Ele era tão bonito. E tão triste.

Quando o sol se firmou e o céu ficou azul-claro, parecia uma planície infinita e vazia, dessaturada, cheia de cicatrizes. O chão branco com textura rugosa parecia um quebra-cabeça craquelado e me lembrou alguns quadros do artista italiano Alberto Burri, por quem fiquei obcecada uma época. Ele começou fazendo quadros com colagens de jornais, roupas e jutas, depois passou a trabalhar com plástico derretido. Fazia quadros-escultura. Emoldurava uma lona e a pintava com um maçarico, criando buracos derretidos que pareciam gritos de desespero, mágoas em erupção. Depois ele passou a trabalhar com resina e epóxi e fez quadros que eram pura textura. Tem um que é uma textura preta embaixo e outra textura preta em cima. A diferença criava um efeito que parecia um melancólico mar à noite.

Um dia, bem no começo de tudo, mandei uma foto minha na frente desse quadro para Matheus.

— Parece sua alma — ele disse.

Era minha alma mesmo, me sentia daquele jeito por dentro. Achei que ele era o único homem que tinha me compreendido. Mas, na verdade, era só mais uma crítica porque ele nunca entendeu o que era o vazio empilhado de vazio que havia em mim.

Andei sozinha pelo parque por um tempo e fiquei contemplando aquele nada cheio de coisa, até que Mariela me chamou e me virei pra trás. Quando cheguei perto ela me mostrou uma foto. O horizonte reto, o céu azul sobre o branco rachado e cicatrizado. E eu de costas no meio de tudo, com minha roupa preta, voltando a cabeça pra trás.

— Mira! Parece tu em tu soledad!

Era lindo e era eu. Vazia ainda, mas mais iluminada e começando a curar as feridas. Mariela, sim, ela parecia compreender.

De lá, seguimos para uma ilha cheia de cactos gigantes e depois para um cemitério de trens enferrujados. Não conseguia ver tanta oportunidade de pegar tétano sem pensar em como seria incrível uma megabalada eletrônica no lugar. Dormimos mais uma noite em um hostel onde nos serviram uma sopa de pacotinho horrorosa, que vomitei ao lado da cama pouco depois e insisti em limpar, mas a funcionária disse que era comum e fez questão de resolver o problema. Voltamos então para San Pedro do Atacama em uma rota mais curta, passamos mais dois dias lá, relaxando, indo às águas termais e fazendo massagens de pedras calientes e tejidos profundos.

Então voltamos para três dias em Santiago. Não ia dar muito tempo de conhecer bem a cidade, de novo. E estávamos tão exaustas que decidimos pular Miraflores e Valparaíso. Decidimos fazer um passeio a pé pelos principais pontos e flanar pela capital chilena, que parecia rica, organizada e funcional quando comparada a São Paulo. Mas também bem menos pulsante.

Foi só em Santiago que percebi que havia dias que não me preocupava em saber como Matheus estava. Ele podia ter descoberto as câmeras que eu não teria ligado. Pensei por um momento em deixar tudo pra lá. Mas tinha ido longe demais para interromper assim. Não tinha ainda muita certeza de onde queria chegar com aquilo. Mas saberia quando chegasse a hora. E esse pensamento se dissipou quando lembrei daquela noite no meio do deserto, olhando as estrelas, de todo aquele passeio pelo Salar. Tudo pareceu uma grande viagem de ácido. As cores intensas e as pedras retorcidas pelo tempo. Tinha horas que tive certeza de que estava tendo um flashback de LSD. Mas era só o lugar e seu encantamento. Percebi também que já fazia um tempo que não precisava de droga nenhuma para ver beleza nas coisas.

Foi então que tive uma ideia.

— Foi o céu mais lindo que já vimos aquela noite, né? — disse pra Mariela.

— Sim! Surreal, não?

— Vamos tatuar!

Pesquisei algumas referências de tatuagens com efeito de aquarela retratando o céu estrelado e mostrei a Mariela, que captou o conceito na hora. Achei no Trip Advisor um bom tatuador e, óbvio, ele estava acostumado a fazer tatuagens do Atacama, ainda que fosse a primeira a juntar o céu e o efeito aquarelado, que ele também dominava. Ele avisou que precisaria de algumas sessões e que o ideal seria ter algum intervalo entre elas, mas disse que faria o possível para fazer em duas. Iria doer e demorar um pouco e talvez precisássemos voltar ao Chile para retocar. Escolhemos o braço direito. Ficou linda nossa constelação em tons de azul e violeta, com estrelas brancas salpicadas no meio. Mas doeu e demorou muito, de modo que conhecemos Santiago mais pelas palavras do tatuador do que andando pela cidade.

    Já tinha viajado bastante na vida, porque durante um tempo foi uma das minhas poucas alegrias. Mas nenhuma viagem tinha me causado tanto impacto quanto aquela.

Voltamos para Montevidéu e voltei a tomar diazepam.
— Tu y las pílulas.
— Não consigo ficar sem.
— Você precisa de um psiquiatra. Não dá para ficar tomando calmantes toda hora. Um tratamento pode ajudar, não?
— Nenhum psiquiatra me ajudou. Eles só olham pra sua cara durante quinze minutos e te dão um diagnóstico qualquer de depressão ou ansiedade e um remédio aleatório. Tomei antidepressivo por anos, e nenhum nunca resolveu meu problema, no máximo seguraram a onda.
— Sei de um muito bom! Quando voltar da sua próxima soledad faço questão que você vá nele.
Concordei, ainda que voltar a tomar remédios contínuos parecesse inócuo. Eles nunca resolveram minha vontade de não querer ter nascido ou meu sono agitado com sonhos intermináveis. Mais do que isso, tinha medo de ir num psiquiatra e psicólogo e contar o que estava fazendo. Quando pensava em tudo que tinha feito até aqui, me sentia doida, a passos largos para a loucura completa.
— Minha próxima soledad começa agora. Talvez seja uma das últimas.

— Cabo Polônio?
— Sim! Um dia vamos juntas.
— Juntos. Eu, você e Pablo!
— Tengo saudade de Pablo y de Salomé — falei, misturando português e espanhol.
— Adoro essa palavra.
— Odeio o sentimento.

Nos despedimos um dia depois. Ela voltou pra Carmelo, e cheguei a subir no ônibus para o litoral para fortalecer o teatro. Quando estive lá da primeira vez, tirei muitas fotos, com muitos biquínis, em muitos lugares da areia, com lobos-marinhos, com vários livros diferentes, cabelo preso, cabelo solto, um e outro par de óculos. Bastariam pra manter a farsa.

> *Have you seen her all in gold?*
> *Like a queen in days of old*
> *She shoots her colors all around*
> *Like a sunset going down*
> *Have you seen a lady fairer?*
> (She Is a Rainbow, The Rolling Stones)*

Depois do Atacama, estava cheia de inspiração estética para as sessões. Naquela noite tinha decidido performar mais do que em todas as outras. Queria causar um impacto, algo que fosse atormentá-lo todos os dias até que meu objetivo fosse alcançado.

Usei apenas uma boa dose de midazolan e LSD. Decidi não paralisar suas pernas porque talvez fosse interessante vê-lo interagir com a obra, caminhando pelo meio dela, e também porque o anestésico e o ácido em doses aumentadas poderiam fazer com que ele ficasse meio molenga.

Era impressionante como o Matheus era tonto. Já se iam quase três meses de tormento psicológico por causa do Toddynho envenenado, e ele não abandonava aquele hábito ridículo. Vez ou outra ele tomava uma Coca-Cola, mas em geral se abraçava naquele Toddy como se fosse o colo quentinho da mãe amorosa que ele não teve.

Apliquei o flumazenil na veia do braço, tirei o scalp e corri para o corredor. Vi quando ele sentou e cobriu o rosto com as

---

* Composição: Mick Jagger e Keith Richards

mãos, e foi aí que pus um trance para tocar baixinho na caixa de som e liguei um globo estroboscópico com luzes coloridas. Ele ficou olhando em volta pra ver de onde vinha aquele barulho. Aumentei aos poucos, até ficar num tom envolvente o bastante, mas não tão alto a ponto que os vizinhos fossem reclamar. Ele deitou e olhou pro teto.

Atirei um véu translúcido no quarto. Queria estar doidona também para ver o efeito dessa aparição. Matheus esticou as mãos e começou a caçar coisas no ar, como se quisesse pegar borboletas.

Fui entrando, devagar, coberta com véus furta-cor.

E com um coração de boi sangrento na mão.

Infelizmente não consigo saber o que ele via. Só podia sentir a confusão nos olhos dele, que vagavam de um lado pro outro enquanto eu me movia de um jeito que lembrava remotamente os trejeitos de uma odalisca psicodélica.

Será que tinha muitos braços, que nem uma deusa indiana?

Das pontas dos meus dedos saíam feixes de luz?

Ele me olhava com fascínio, terror e desejo.

Mordi aquele coração cru e senti dois rios sangrentos escorrerem dos meus lábios e caírem nos meus seios. Esfreguei a carne no meu torso e fui ficando cada vez mais lambuzada. Os olhos dele pareciam perseguir cada um daqueles fios vermelhos.

Não sabia mais o que fazer naquela mistura de dança contemporânea com performance de estudante de artes, então me preparei para começar o discurso culpabilizador.

Ele levantou rápido e me surpreendi que não tivesse caído no chão ou esboçado nenhum sinal de tontura.

Mas ele estava resoluto e avançou para cima de mim. Quando tentava tirar o clorofórmio de dentro das luvas, senti as mãos dele agarrando minha bunda com muita força. A boca dele encostou na minha orelha e logo os dentes cravaram no meu pescoço. Ele me empurrou contra a parede e me prensou.

A mão direita segurou a minha mandíbula e senti um tino de dor me atravessar até os pés. Ele deu um passo atrás e eu poderia ter fugido, mas não pude — ou não quis — me mexer.

Senti os cinco dedos dele estalando na minha bochecha, e a minha buceta ficou cada vez mais molhada. Ele enfiou dois dedos em mim e arrancou meu top improvisado de véus. Mordeu meu mamilo e lambeu meu peito. Tentei me desvencilhar. Disse que não. Até tentei empurrá-lo. Não parecia ter forças para derrubar um homem completamente chapado. Ou será que não queria?

Matheus segurou meu braço e ficou olhando fixamente para a constelação que tinha tatuado. Ele lambeu as estrelas e depois seguiu o caminho imaginário que elas faziam do meu braço até o teto. Olhou no fundo dos meus olhos pela primeira vez e disse:

— Dessa não lembro. Você mudou.

Ele arrancou a cueca e agarrou meus quadris. Mordia meu ombro enquanto metia com muita força. O rosto dele tinha o tesão bruto de nossas melhores fodas. Me agarrou pelo cabelo e me levou até a cama. Sequei o quanto pude o suco da carne do meu corpo para não manchar os lençóis.

Me pôs de quatro e prensou minha cabeça contra o colchão. Senti as bolas dele batendo no meu grelo no ritmo da música e não demorou muito até que eu gozasse. Ele gozou logo depois, dentro de mim, e nunca tinha ouvido um gemido tão demorado. Então Matheus caiu pro lado, estatelado na cama, encarando o teto, e comecei a chorar. Me joguei no chão sem saber o que fazer com o coração de boi mordido encostando na minha coxa.

Me senti violada. Mas tinha sido eu quem havia drogado a bebida dele. Não consegui reagir, não ousei bater nele, não devia ser difícil render um cara com ácido saindo pelas tampas.

Quisemos ou não quisemos que aquilo acontecesse?

Me ergui e senti um pouco de porra escorrer pelas minhas pernas. Ele ofegava.

Prensei o clorofórmio contra as narinas dele e, quando ele apagou, coloquei um scalp e injetei midazolam. Tinha muita bagunça pra limpar. Enrolei o coração de boi em um dos véus e limpei a sujeira com um pano que havia deixado na cozinha. Escrutinei os lençóis e catei todos os fios de cabelo.

Fiquei uns bons quinze minutos me certificando de que nada ficasse fora do lugar. Faltava uma coisa: o cheiro da minha buceta nos dedos e no pau dele.

Isso eu não ia tirar.

Pus umas gotas de laxante na marmita vegana que ele levaria pro trabalho no dia seguinte. Como tu é otário, Matheus. Vi as embalagens do delivery da tua hamburgueria favorita ali no lixo.

Coloquei a peruca de Maeve e um casacão e subi pro meu apartamento. Me joguei no colchão, sentindo a porra dele ainda no meio das minhas pernas. Pus um zolpidem debaixo da língua e chorei até cair no sono.

Depois daquela noite, passei um mês sem conseguir pensar em novas sessões. Apenas observava as câmeras vez por outra, lia os flertes. Ele estava encontrando Juliana uma vez por semana. Ela era inteligente, preocupada com o futuro da humanidade, e tinha acabado um mestrado em ciências sociais.

Fiquei diminuída mais uma vez. Porque ela era tudo o que ele queria que eu fosse. E fiquei triste por ela, porque ela não merecia aquela merda.

Um dia, depois de sair da casa dele, ela enviou um áudio:

"Matheus! Me ajuda. Um homem começou a me seguir e a me olhar estranho pela rua enquanto eu caminhava. Fiquei com muito medo e entrei num bar pra comer um pão na chapa. Ele está aqui dentro, me encarando."

Qual bar?

Ela passou o endereço de um dos poucos botecos sujos do Itaim. Eram 7h30 da manhã.

Achei tudo muito ridículo. Eu jamais faria aquilo. Um homem me assediando em um bairro como o Itaim às 7h30 da manhã seria xingado com muita raiva — aquela raiva que Matheus tanto detestava. Talvez eu batesse nele. De noite apertaria o passo, entraria num bar e chamaria um Uber. Mas xingaria ele mesmo assim, dentro do bar e depois dentro do Uber. Jamais, nunca, de forma alguma, cogitaria chamar um homem. Ele só ficaria sabendo depois, quando contasse sobre a briga.

Tô indo aí

Obrigada!

Minha pena dela passou um pouquinho e fui tomada pela raiva que tenho dessa feminilidade frágil que precisa da ajuda de um cara no Itaim, pela manhã. Mas talvez ela tivesse razão, e eu estivesse errada de achar que posso enfrentar tudo isso sozinha. Eu não posso. Mas não seriam homens como Matheus que me ajudariam.

Havia poucas coisas que pudesse ou tivesse energia para criar depois da última sessão. Repeti procedimentos, sempre com a xilocaína nas pernas e braços para evitar que aquele sexo absurdo se repetisse. Projetei fotos da minha expedição pelo Atacama, de momentos felizes com Mariela, Pablo, Fernando, Tavinho.

— Tu sempre teve inveja disso, né? Dos meus amigos. Dos meus vários amigos e de como eu gosto deles e de como eles gostam de mim. Você dizia que não tinha amigo nenhum. Que não considerava ninguém teu amigo.

Lembrei de um dia em que ele disse para Fernanda que não sabia como uma pessoa como eu podia ter tantos amigos, e ela respondeu:

— Pois é, chega a ser cansativo tanta gente.

Ela não entendeu a maldade, mas eu, àquela altura, já tinha compreendido.

— Tinha o Thiago. Ele era meu amigo.

Não sabia que ele tinha Thiago em alta conta. Soube pelo WhatsApp dele que Thiago havia falecido fazia vinte dias. Ele foi comunicado da morte, do velório e do enterro e compareceu em tudo. Mas não expressou nenhum sentimento em nenhuma mensagem ou busca do Google. Presumi que não tivesse se importado.

— Ele se matou. Se trancou na garagem e ligou o carro.

Fiquei muito triste por Thiago, mas me lembrei da vez em que Matheus me deu aquele empurrão, um tapa, um apertão no braço, e não consegui segurar o comentário horrível.

— Meus amigos estão todos vivos.

— Sinto falta deles. Eles eram legais. Pena que você deixou claro que não eram meus amigos e me proibiu de falar com eles.

— Que bom que tu cumpriu.

— E tu. Tu nunca quis ser minha amiga. Lembra quando tu me disse que eu não era teu amigo?

— Sim, Matheus. Eu quis dizer que não era teu bróder pra tu ficar me dizendo como tuas ex gozavam, ou comparando elas comigo. E tu nunca foi, mesmo, um amigo. Como eu podia confiar em ti com tudo que tu me dizia?

Ele ficou em silêncio, olhando para algumas fotos do projetor. Em algumas ele estava, sempre meio deslocado, como se sua presença ali não fosse orgânica, não combinasse com o resto do grupo.

— Foi por isso que tu me bateu, né. Por causa de amigos — continuei.

— Tu não precisava ter dito aquilo.

— Tu não precisava ter me batido.

> *And you could have it all*
> *My empire of dirt*
> *I will let you down*
> *I will make you hurt*
> *(Hurt, Nine Inch Nails)**

Era sexta à noite e fui encontrar Matheus na casa dele. Tinha tido uma semana muito tensa no trabalho, com entrega de campanha, e meu plano era ver uma série do Netflix e não me drogar naquele fim de semana. Além disso, estava com TPM.

Mas acho que ele estava um pouco viciado. Viciado no pico de serotonina e empatia e emoções boas que o ecstasy trazia. Viciado em balada. Desde que tinha começado a ficar comigo, ele havia virado um especialista em bala e house. Consultava sites de resenha de droga na internet. Pesquisava qual o melhor dealer. Encomendava cogumelos pela internet. Ouvia playlists recomendadas por Tavinho. E, era verdade, eu também estava viciada. Nas drogas e nele.

— A gente não vai pra balada?

— Não quero ir, estou cansada.

— Então vou sozinho, com o Tavinho e com o Lucas!

— Não! Eles são meus amigos. Tu anda tentando me escantear dos meus amigos nesses últimos tempos. Eles são pessoas que gosto e que gostam de mim, e quando a gente terminar

---

* Composição: Trent Reznor

eles vão continuar sendo meus amigos e tu não vai nunca mais falar com eles.

Me dei conta do que havia dito. "Quando a gente terminar" é uma coisa horrível pra se dizer a uma pessoa com quem você quer ficar. Controlar as relações dessa forma também. Mas me sentia traída pela forma como ele tentava fazer pouco de mim na frente de todos e me excluir de coisas que eram minhas. Ou nossas.

Ele me agarrou pelo braço com força e arregalei os olhos. Ficou vermelho naquele lugar e ficaria roxo depois de uns dias.

— Por que tu é tão hostil comigo? — ele perguntou.

— Desculpa, é que tu me diz coisas muito horríveis e não admite que eu me defenda.

Como eu era trouxa. Ele tinha acabado de me agredir e estava dizendo que eu era hostil.

— Vou avisar os dois que não vamos, então — ele disse.

— Não precisa avisar, eles vão de qualquer forma.

Ele me empurrou contra a parede.

— Para de dizer o que eu tenho que fazer ou não!

— Para de tentar invadir meu território, seu escroto horroroso do caralho — gritei.

Aí senti um tapão com os dedos duros na minha cara. Bateu perto do meu olho e do meu ouvido esquerdo. Imediatamente comecei a ouvir um zumbido que duraria uns dias. Era a primeira vez que ele me batia em contexto não sexual. Ele me empurrou outra vez contra a parede, e fui escorregando para baixo, até me encolher em posição fetal no chão e começar a chorar.

— Ana! Eu disse que tu me faz mal! Nunca fiz isso com ninguém.

Acreditei. Que era culpa minha e que ele nunca tinha agido assim.

— Vai embora. Chama um Uber e vai embora.

Limpei as lágrimas do rosto, mas outras caíram, e fui pra casa. No dia seguinte fiquei ligando para ele sem parar, mas o telefone estava desligado. Achei que estivesse ficando maluca. Nunca tinha agido dessa forma com homem nenhum. Foi só à noite que ele falou comigo. Disse que a bateria tinha acabado e que ia até minha casa para conversar.

Chorei e gritei de uma maneira que era inédita para ele.

— Nunca mais faz isso comigo! Eu exagerei, mas tu te comporta como um idiota às vezes! Por que tu ficou sem atender o telefone? Foi de propósito isso.

Ele ficou sentado, me olhando com aquela cara condescendente, e em um tom mais condescendente ainda disse:

— Por que tu não me fala de uma forma calma, clara e não violenta o que tu está sentindo?

Enxuguei as lágrimas. Virei o rosto meio envergonhada. Acreditei mais uma vez. Eu era descontrolada, raivosa, imprópria, e ele era calmo, contido e só tinha feito aquilo porque o tirei do sério.

Pouco depois que cheguei em Carmelo, Pablo apareceu com Salomé. Fiquei tão alegre de ver a égua de novo. E muito feliz de vê-lo também. Fiz carinho na franjinha dela, dei um beijinho na bochecha e ela respondeu com um olhar. Então olhei para ele, coloquei minha mão na sua nuca e me pus na ponta dos pés para dar um beijo. Ele agarrou minha cintura na hora e correspondeu.

Já conhecia o caminho até minha cama.

Era a primeira vez que transamos sóbrios, e foi bem melhor. Consegui sentir mais aquilo que esperava: toques mais rústicos e cheios de convicção. Força. A primeira vez durou alguns minutos. Gozei rápido, estava com muita vontade.

Quando deitamos na cama pelados, eu disse:

— Puedes pegarme en el culo?

Ele riu.

— Só se você fizer esse pedido em brasileiro.

— Você pode bater na minha bunda?

— Amo essa palavra. Bunda.

Ele me beijou, agarrou minha bunda e me puxou pra junto dele.

— Posso, claro.

A partir daí foi uma transa como eu não tinha há muito tempo. Uma não, várias. Pablo estava disposto a entender meus desejos e a me ver gozar muitas vezes e por muito tempo. Senti suas mãos me agarrarem com mais força, puxarem meu cabelo, seus dentes morderem meus seios. Faltava mais raiva, um pouco de convicção. Mas pela primeira vez senti que não era mais refém do pau de Matheus.

Quando já era noite, ele percebeu que eu estava com frio e acendeu a lareira da sala. Sentamos juntos e bebemos uma garrafa de vinho. Depois dormimos colados.

De manhã ele me convidou para passar um final de semana no hotel em que ele estava trabalhando. Algumas das melhores suítes ainda estavam desocupadas e ele conseguiria de graça. Óbvio que aceitei passar um fim de semana com banho de banheira e sexo e serviço de quarto e vista para um vinhedo e café da manhã cinco estrelas.

Ele me falava de tipos de vinho, de uvas, de cavalos e de cortes de carne. Eu contava sobre filmes que ele nunca tinha visto e ele me pedia para falar mais de São Paulo.

— Tem esse viaduto que fecha de noite e nos fins de semana e vira tipo um parque. As pessoas tomam banho de sol no asfalto e os moradores dos prédios do lado ficam ouvindo música nas varandas, aproveitando que não tem fumaça de carro entrando no apartamento deles.

— Jajajajaja.

— Parece horrível, mas gosto muito.

— Vamos um dia.

— Óbvio.

M ariela reclamava muito e eu amava cada lamúria, porque reclamar é uma coisa que gosto. Nos uníamos em nossos queixumes e ríamos a cada protesto absurdo contra a realidade das coisas.

— Essa brasa tá sempre laranja e amarela, podia ter outras cores! — ela disse, indignada, na frente da parrilla.

— Será que assar o bife em uma chama lilás mudaria o gosto dele?

— Não sei, mas essa lenha não tem o mesmo cheiro bom daquela outra.

— E esse vinho tá com gosto de fruta azeda.

Nos olhamos, gargalhamos, joguei o vinho da minha taça fora e fui abrir outra garrafa.

— Por que não sai do telefone? — ela perguntou.

— Estou procurando cloreto de potássio e sulfato de cobre pra comprar. Dá pra fazer fogo roxo e azul-turquesa.

Certa vez Mariela passou dias lamentando que sua casa estava muito feia, os livros dentro de caixas de plástico no chão, os vinhos sempre acumulados num canto da sala. Estava mesmo horrível, e a iluminação não ajudava. Para alguém que se incomodava tanto com a cor do fogo, ela parecia não dar bola para as luzes brancas de hospital em todos os cômodos.

Até que me cansei e bati na porta dela com quatro ripas de madeira comprida, quatro um pouco menores, oitenta tijolos, uma trena, cinco lâmpadas amarelas, uma luminária e dois maços de flores.

— Eu sei o que tô fazendo.

Fiz seis pilhas de quatro tijolos no chão e coloquei a primeira tábua. Depois mais pilhas e outra tábua, até formar uma estante que tinha até desenhos assimétricos elaborados com as tábuas menores.

— E faço o quê?

— Serve vinho e coloca música.

Organizei obsessivamente os livros em ordem alfabética pelo sobrenome do autor, o que fez com que *O processo* de Kafka ficasse ao lado de um livro psicografado por Allan Kardec que um dia ela encontrou na redação em que trabalhava e decidiu guardar. Troquei todas as lâmpadas, coloquei a luminária sobre a estante e usei três garrafas de vinho vazias como vasos de flores. Tudo ficou tão bonito quanto uma chama de fogo cor-de-rosa.

Ela postou várias fotos no Instagram com agradecimentos efusivos pela nova decoração.

Nessas horas eu esquecia de tudo que estava tramando e explodia mentalmente aquele kitnet fedorento que eu habitava e onde passava muitas tardes encolhida na cama assistindo porcaria na televisão e comendo direto das embalagens de delivery.

> Às vezes eu quero demais
> E eu nunca sei
> Se eu mereço
> Os quartos escuros ~~pulsam~~
> Pulsam!
> E pedem por nós
> E tudo que eu posso te dar
> É solidão com vista pro mar
> Ou outra coisa pra lembrar
> (Não sei dançar, Marina Lima)*

Mariela estava feliz com o meu romance com Pablo, que ela chamava de "mi novio", e eu, pra variar, dizia que "não era nada sério". Eu estava contente também. Aliás, tudo parecia perfeito demais para ser verdade. Uma casa bonita, dois cachorros, uma égua de estimação, uma amiga abortista, um uruguaio que parecia o Cavani me comendo, bifes, aquele pôr do sol e céu estrelado, ainda que não tão estrelado quanto o céu da Bolívia.

Estávamos fazendo nossos asados na beira do rio com frequência.

Tanta satisfação não era muito comum pra mim. E ainda tinha alguma coisa errada. Muitas coisas erradas. Era como se eu não merecesse estar ali. Como se a pessoa que estava lá não

---

* Composição: Santos Arnaldo José Lima

fosse eu. A verdadeira Ana era a Maeve, que ficava trancada naquele apartamento feio, adivinhando todo o enredo de séries policiais inglesas e nórdicas de tantas que já havia visto e comendo lámen de delivery.

Já fazia mais de mês da última soledad. E eu sentia uma vontade enorme de mais uma. Não porque quisesse atormentar Matheus, mas porque queria me reencontrar comigo mesma. Voltar para a Maeve, aquela Ana triste. Fugir de Pablo, porque Pablo era o contrário de todos os homens com quem tinha ficado até então — tudo indicava que sim. Levar Mariela comigo para que São Paulo a corrompesse e nós ficássemos mais próximas ainda.

Então fiquei bêbada demais. Comecei a repetir muitas vezes que os bifes uruguaios eram os melhores, mas que os acompanhamentos brasileiros ganhavam de longe.

— Batata, batata, batata, pão, provoleta. É muito chato!

— Mas para sentir bem o asado é melhor não colocar muita coisa — disse Mariela.

— Vocês falam isso porque não conhecem direito a farofa! A farofa crua, cozida, a farofa de ovo! É um desperdício essa gordura crocante sem passar na farofa! Da próxima vez que for a São Paulo vou trazer farofa!

— Próxima vez? Você tem ido pra lá?

Me vi prestes a contar tudo que vinha acontecendo. Não escapou por muito pouco.

— Modo de dizer! Faz quase cinco meses que não piso lá. Inclusive devíamos ir todos!

Comecei a chorar e vomitei.

Acordei na minha cama algumas horas depois, vestindo meu pijama e com Pablo do meu lado. Mariela estava dormindo na sala. E aí veio a lembrança que sempre tentava evitar. Aquilo que fez meu desejo de vingança transbordar. Não era hora de parar com as sessões ainda. Estava rumo à minha próxima soledad.

> Sometimes at night
> Sometimes at night I was looking for you
> Sometimes at night I just wanted you
> Sometimes at night I was looking at you
> Sometimes at night I just needed you
> (Sometimes at night, Massimiliano Pagliara)*

Óbvio que não parti depois daquele tapa, assim como Mimi não deixou Oscar depois de tantas humilhações. Uma das coisas que mais me dói é saber que, se ele não tivesse terminado comigo, eu teria continuado ali, não sei por mais quanto tempo. Anos, talvez. Ele teria comido outras no meu lençol, me jogado em outras paredes, talvez estourado meu tímpano.

Não quis deixá-lo depois daquela noite.

Naquela manhã, na verdade, acordei naquele quarto absolutamente desconhecido, do lado de um homem que nunca tinha visto. Não era uma situação nova pra mim. Mas era um cara com quem jamais transaria. Em resumo, era bem feio, com uma cabeça em formato de pera e um cheiro rançoso. O quarto cheirava a óleo velho e os lençóis a amaciantes baratos.

— Oi, gata, você acordou!

Aí ele veio pra cima de mim e me comeu sem camisinha. Me estuprou. Era essa a palavra. Ele me estuprou, talvez pela quarta ou quinta vez naquela noite. Depois que ele gozou, disse:

— Foi ótimo te conhecer! Me dá seu telefone.

---

* Composição: Massimiliano Pagliara, Molly Nilsson e Neda Sanai

Eu ainda estava meio grogue e anotei meu celular e meu nome no telefone dele. Me levantei, um monte de porra escorreu pela minha perna. As minhas roupas estavam no chão, cobertas de vômito. Pedi um Uber e fui embora. Estava no Morumbi, longe de casa e bem longe da festa em que estávamos no dia anterior.

— Legal, a gente se vê de novo.

No carro não consegui nem chorar, porque não conseguia entender o que tinha acontecido. "Talvez eu tenha ficado a fim dele." Mas não, era impossível. Ele não fazia meu tipo, nem de longe. Aí derramei uma lágrima e depois outra e fui me lembrando de algumas coisas.

Tínhamos ido a uma festa de techno naquele lugar com trilhos. Tomamos MDMA logo na entrada e me lembro de ter ficado com as pernas bambas. Matheus queria logo tomar ecstasy, mas eu dizia para deixar pra depois. Era um diálogo que acontecia sempre, porque ele era fominha e não esperava o efeito da primeira dose arrefecer para tomar a segunda.

Ele foi grosseiro comigo, para variar, e tomei gim puro. Uma, ou duas, ou três doses, e conforme a fatura de crédito mostrou, na verdade umas nove.

Lá pelas duas da manhã e na terceira dose de gim, Matheus me abraçou. Achei que fosse me beijar, mas encostou a boca no meu ouvido e disse:

— Você é uma chata, Ana. Você é muito chata. Se diverte, passa logo essa bala.

Tirei os comprimidos da carteira, tomei um e ele o outro. Por pior que fosse a situação entre nós, costumávamos sempre nos amar nessas baladas. Beijar a noite toda. Mas daquela vez, não: ele ficava sempre dois passos à minha frente.

E eu bebendo mais.

Não lembro bem que horas eram. Não lembro muito bem de nada. Sei que pedi para ir embora. Sei que ele não gostou.

Sei que fui para um canto da festa, me sentei no chão. Acho que ele me mandou ir embora sozinha e me deixou lá.

Essa é a última coisa de que me recordo.

Pedi pro motorista do Uber parar numa farmácia e comprei uma pílula do dia seguinte. Usava DIU de cobre, mas preferi me precaver. Depois disso fui até o posto de saúde e pedi um exame completo de DSTs e profilaxia pós-exposição. As DSTs não seriam apontadas tão rápido, por isso repeti os exames sem parar uma vez por semana durante dois meses. Dois meses em que fiquei com Matheus e não contei o que tinha acontecido naquela noite. Me senti culpada por transar sem camisinha com ele mesmo sabendo que podia estar com sífilis, HIV, gonorreia. Tinha horas que até queria ter pegado mesmo alguma coisa para contaminá-lo.

No mesmo dia em que tudo aquilo aconteceu, o cara nojento me mandou uma mensagem.

> Delícia! Quando nos veremos de novo?

Vomitei bile porque não tinha nada no estômago, bloqueei o número e fui sozinha na Delegacia da Mulher para fazer B.O.

Mas ainda assim me perguntaram muitas e muitas vezes:

Se eu estava drogada.

Se eu estava bêbada.

Por que eu estava sozinha.

A escrivã não olhava na minha cara.

Chegaram três mulheres enquanto registrava ocorrência. Uma estava com o olho roxo, outra com o braço enfaixado. A terceira somava as duas coisas.

— Tá vendo como tem caso complicado, menina? — a escrivã disse na única vez em que nossos olhares se encontraram.

A minha dor era a dor de uma mimada branca e drogada que provavelmente tinha ficado muito doida na balada, foi embora com um coitado qualquer e não se lembrava de nada.

Tinha telefone. Tinha endereço. Tinha nome. Tinha DNA. Tinha corpo de delito.

Não deu em nada. Foi arquivado. Afinal, eu tinha até dado meu telefone para ele. E que sorte tive de não tomar um processo por calúnia.

A minha cabeça já não estava muito boa por causa das drogas. A bomba de hormônios da pílula do dia seguinte me deixou mais bagunçada ainda. Tinha várias crises de ansiedade por dia. Voltei a ver um psiquiatra horroroso do plano só para pegar receitas de diazepam. Ele me disse para tomar escitalopram também, mas ignorei.

Toda vez que Matheus chegava perto de mim, meu coração disparava e às vezes não conseguia disfarçar. E, nessas vezes, ele achava melhor ir embora.

Fiquei sobrevivendo ao estupro sozinha. Não contei pra Fernanda nem pra ninguém porque tinha vergonha. Não vergonha de ter sido estuprada, porque isso eu sabia que não era culpa minha. Era vergonha de continuar com Matheus depois de tudo isso.

Depois de ter ouvido dele que ele me deixou sozinha no canto da festa, à mercê de potenciais estupradores e ladrões, porque eu tinha merecido. Ele falou que comecei a dar escândalo porque ele não queria me beijar. Me comparou a uma estupradora: estava tentando tocá-lo sem o consentimento dele. E eu encolhida no meio de uma crise de pânico, nervosa demais para responder.

Parece que xingamentos, críticas, competições, um empurrão, um tapa são muito pouco para tudo isso que fiz, não?

Ele não merecia ser anestesiado, drogado, torturado, só por essas coisinhas tão "normais". Tem mulher que sofre muito mais, que apanha do marido todos os dias, e que nunca se atreve a colocar vidro moído ou veneno de rato no feijão do homem. Precisava de um estupro para que minha obsessão vingativa fizesse algum sentido.

E, mesmo assim, alguns de vocês vão achar que mereci.

As pessoas pensam assim. Que a dor da mulher só vale quando ela é violentada, espancada ou morta. É o tanto de hematomas que uma mulher ostenta, as lágrimas que ela derrama e o sangue que ela verte no chão que determinam se é uma vítima ou não. Isso, claro, se ela não tiver dado motivo.

Everything good I deem too good to be true
Everything else is just a bore
Everything I have to look forward to
Has a pretty painful and very imposing before
(O' Sailor, Fiona Apple)*

Vendo algumas fotos, ficou claro pra mim que saem faíscas dos meus olhos quando quero demais. É um olhar específico; a luz bate na diagonal e grita: estou prestes a sair girando e derrubando tudo aquilo que não se curvar à minha vontade. Quase sempre engulo o impulso caótico e a ventania se limita a causar um tornado de querer contido dentro do meu estômago.

É uma cara de maluca, que promete muito mas quase nunca cumpre seu intento.

Ou pode ser apenas uma cara de bêbada.

Eu tinha bebido demais naquela noite. Naquele dia inteiro. Era sábado e fazia muito calor, acachapante talvez fosse o único adjetivo possível. Diante disso me pareceu uma boa ideia misturar as garrafas de Freixenet que estavam na geladeira com os pêssegos, morangos, ameixas e laranjas que Mariela deixou na minha casa porque achou que eu precisava comer mais frutas. Afinal, se não fossem mergulhadas numa cava, o sol escaldante as faria murchar.

---

* Composição: Fiona Apple Maggart

Pablo tinha dormido na minha casa e pedi para ele enfrentar aquele forno de dia comigo.

Soou razoável encher um cooler de garrafas de vinho branco e cervejas artesanais e ir até a beira do rio besuntados de protetor solar.

Rimos de tudo, nos beijamos, mergulhei e boiei, primeiro de biquíni e depois sem. Nós dois e um pescador ao longe éramos os únicos viventes dispostos a ficar na rua em um dia como aquele, então não havia ninguém para condenar a minha nudez.

Pablo parecia cada vez mais bonito e agarrei sua nuca com força, pressionei meus lábios nos dele e cravei os dentes em seu trapézio. Queria engoli-lo.

— Eeei — ele disse, me empurrando com jeitinho, deixando claro que não estava na mesma frequência de voracidade.

Dificilmente ele conseguiria chegar nela, entendê-la. E isso era um fato a que eu teria que me acostumar, mas até hoje às vezes é difícil de aceitar. Tem horas que quero que Pablo me agarre, me empurre contra a árvore do quintal, minhas costas sangrando por causa das farpas da madeira. Quero que ele aperte meu queixo, morda meu lábio até deixar uma cicatriz lá dentro, que agarre meus cabelos e me coma com raiva enquanto mordo seu peito até deixar uma marca que vai ficar vermelha, roxa, preta, depois esverdeada e amarela até sumir — pra dar lugar a outra.

Ele entra na brincadeira quando quero. Mas nunca vai ter ódio o suficiente pra me comer desse jeito sem brincar. Ele beija bem. Talvez eu nunca tenha sido tão bem beijada. Ele me come bem, muito bem. Mas quando a faísca de maluca cruza meus olhos, "muito bem" não é o suficiente. Há dias em que, depois de gozarmos juntos, os gemidos dele sincronizados aos meus, deixo meu punho cerrado cair entre suas escápulas como um golpe de punhal, fecho os olhos e sufoco um grito em seu ombro pensando que nunca mais vou sentir aquilo de novo.

O pôr do sol começou a cair quando eu terminava a segunda ou terceira garrafa de vinho. Queria viver naquela paleta de cores pra sempre. Naquele estado, a perspectiva de um céu azul-celeste me deixava entediada.

— Vamonos — ele disse.

— Eu quero ficar. O laranja mais laranja ainda não chegou. E depois tem as estrelas.

— Quero ir pra casa, Ana.

— Não quero. Vou ficar aqui e, se você não quiser ficar, pode ir que volto sozinha.

— É mesmo?

— Sim.

— Então tá.

Ele saiu andando, bravo. Demorou dois minutos até que o trauma de ser deixada sozinha devorasse minha curta satisfação de mulher independente que não precisa de um homem para ver o pôr do sol e me pus a caminhar, a trotar pra casa. Pablo não tinha ido embora. Ele estava parado, sentado em um banco a alguns metros dali, claramente incomodado. Segurou minha mão e fomos juntos até em casa.

Abri outro vinho. A noite caiu e insisti para que fôssemos para o quintal. Queria olhar mais pro céu, contemplar minha insignificância diante do universo e transar sob as estrelas. Montei nele. Empurrei-o contra a grama. Beijei, mordi seu pescoço, me agarrei em seus cabelos, e ele mais uma vez me empurrou.

— Chega, Ana!

Ele entrou, foi até o quarto, eu o segui.

— Ana, tu não está percebendo que não quero!

— Tu não quer mais transar comigo?

— Não quero ter essa conversa agora.

— Se você não vai me comer, vou tomar meus remédios e dormir logo.

Deitei na cama, frenética ainda. Tomei três diazepans e caí no sono. Quando acordei, Pablo não estava ao meu lado e tive certeza de que havia sido abandonada de novo. Por minha culpa e só minha culpa. A estuprada sem respeito ao desejo do outro. A mulher sexualmente agressiva sem empatia alguma. Talvez o Matheus tivesse razão. Era tudo sempre sobre sexo pra mim, não tinha espaço pra mais nada. Quem sabe os homens para mim eram apenas objetos sexuais com meia dúzia de sinapses orgânicas e eu fosse incapaz de um relacionamento respeitoso com eles. Ou talvez sexo fosse a minha única forma de aproximação porque minha autoestima era tão cagada que pensava que eles nunca quereriam algo além de sexo comigo.

Resignada, levantei e fui até a cozinha preparar um café. Harmonizava a primeira caneca com o primeiro diazepam do dia quando vi Pablo sentado em uma cadeira no quintal, me fitando.

— Quer conversar sobre ontem à noite? — ele perguntou.

Qualquer coisa que se assemelhasse a uma DR nunca havia terminado muito bem pra mim. Meu olhos arregalaram e corri pro banheiro, respirando rápido, apertando o peito que quase explodia, só mais uma crise de pânico. Segundo diazepam do dia.

Quando saí, ele não estava mais sentado do lado de fora porque o calor da manhã já estava insuportável, havia se sentado no sofá da sala. Eu estava chorando. Ele fez sinal para que eu me sentasse ao seu lado, segurou minhas mãos e me olhou. A única coisa que pude dizer foi:

— Tu está terminando comigo?

— Não, Ana. Mas é que às vezes tu simplesmente não entende que não estou a fim.

— Desculpa.

Chorei mais. Ele me abraçou.

— Por que você me mandou embora, Ana?

— Porque queria que você ficasse.

M atheus havia parado com o Toddynho por um tempo e substituído por um troço de morango. Naquela semana, voltei a projetar pornografias violentas que ele assistia entremeadas a um monte de cenas misóginas de filmes do Tarantino, que ele adorava. Eu também, pra ser sincera.

— Naquela noite que tu me abandonou, eu fui estuprada. Um cara achou legal pegar uma mulher quase apagada, coberta de vômito, levar pra casa e transar com ela desacordada. Ele era grotesco, nojento.

Contei tudo pra ele. Dos exames, da delegacia.

— Sinto muito. Por que tu não me contou?

— Porque tu ia me culpar e dizer que eu provoquei aquilo tudo. Ia me odiar por ter transado contigo sem camisinha quando não sabia se estava doente ou não.

O silêncio imperou depois disso. Era a primeira vez que estava contando aquela história e quis falar de novo e de novo. Três vezes o dopei com escopolamina, para ele esquecer e aí eu poder contar de novo e de novo, como se fosse a primeira vez.

— Por que tu não me procurou? — ele perguntou numa delas.

— Porque tava jogada no chão.
— Por que tu não pediu ajuda pra Fernanda? — perguntou na outra.
— Porque tava com vergonha.
Lá estava eu, tendo que me justificar de novo.
Na quarta vez, não dei a escopolamina. Queria que ele ficasse com aquela lembrança.
Ele me escreveu um e-mail dois dias depois:

> Ana,
> Sinto muito por aquela noite que te deixei sozinha na balada. Fico pensando se não te aconteceu alguma coisa grave e tu não me contou. Fui um babaca.
> Me desculpa.

Mas eu havia bloqueado o endereço dele e o e-mail nunca chegou.

No Uruguai minha vida seguia. Jantares, sexo, passeios a cavalo e angústia porque não sabia o que fazer da vida. De tanto Mariela insistir, fui ao psiquiatra de Montevidéu. Ele me escutou por uma hora e ainda assim não consegui contar tudo.

Falei que tinha sonhos. Muitos sonhos. E que eles viravam obsessões quando estava acordada. Que duas ou três vezes por dia deitava na cama e fantasiava fazer documentos falsos, alugar um apartamento no prédio do meu ex, invadir a sua casa, anestesiá-lo e drogá-lo até que ele enlouquecesse. Já sabia os anestésicos de que precisava, as doses, já tinha até procurado na internet onde achar os documentos falsos.

— Acho que tô maluca. Tô ficando completamente doida. Devo ter algum transtorno. Borderline? Porque sinto muito vazio e me apeguei muito a ele, não? Todas essas drogas... Sou Borderline? Pode me dizer.

— Em primeiro lugar, é muito cedo para dizer. Esta é nossa primeira consulta. Em segundo lugar, é um bom sinal que você pense que está maluca. Loucos nunca acham que são loucos. Em terceiro lugar, você precisa urgentemente começar a terapia — ele disse.

Não tinha dúvidas de que precisava, mas aí teria que mentir também para um psicólogo.

Ele me receitou venlafaxina. Disse pra eu tomar 37,5 mg por duas semanas e depois subir para 75 mg.

— Vai ser bem ruim essa adaptação. Vou te dar mais diazepam, porque você vai ficar muito, muito ansiosa. Mas não se assuste, é assim mesmo. Esse remédio é muito bom para quadros de depressão e ansiedade. Mas com o tempo vamos parar com o ansiolítico, ok?

De fato, foi horrível. Passei duas semanas tremendo, com a boca seca. Chorei em todos os cantos da minha casa. Nas pernas e nos braços de Pablo e de Mariela. Não consegui comer. Mas aos poucos comecei a me sentir um pouco melhor.

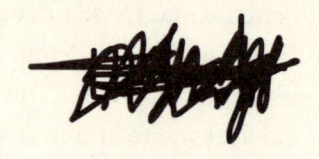

Matheus nunca soube como me acolher durante as crises de ansiedade. Ele terminou comigo por causa delas. Um dia estávamos todos em uma hamburgueria nova que tinha aberto em Pinheiros porque Tavinho era amigo do dono e decidiu comemorar seu aniversário lá. Os hambúrgueres eram horríveis e fui pro parklet. Comecei a hiperventilar.

Ele chegou perto.

— Vamos conversar?

— Agora não, pelo amor de deus, Matheus, agora não.

— Ana, não tem mais como adiar.

— Você vai terminar comigo?

— Sim, Ana. Sinto muito. Foi muito legal enquanto durou, tu me mostrou muitas coisas legais, mas sinto que sou a causa da tua ansiedade.

Neguei e neguei, argumentei que ele não podia ser responsabilizado por um problema que era meu. Não queria me sentir uma vítima. Queria acreditar que tinha algum controle sobre tudo que estava acontecendo comigo. Pedi pra ele não fazer isso.

— Matheus, eu te amo.

— E tu só me diz isso agora?

Percebi que foi a primeira e última vez que falei aquilo. Ele foi embora e me deixou chorando sozinha naqueles bancos de pinus. E na hora o bloqueei em todas as redes sociais.

Tavinho percebeu que eu estava estraçalhada. Todo mundo notou o que tinha acontecido sem que eu precisasse falar nada. Felipe, Tavinho, Lucas e Fernanda. Além de terminar comigo, ele tinha conseguido estragar o aniversário do meu amigo e a comemoração de todo mundo. Ele, que parecia tão preocupado em não perpetuar meu desconforto, que acreditava na importância de ter cuidado com os outros, não pensou duas vezes antes de provocar aquele incômodo coletivo. Podia ter esperado um dia. Dois dias. Escolhido um lugar mais calmo, menos humilhante. Mas por que ele perderia a oportunidade de me humilhar em público, não é mesmo?

Fomos pra casa de Tavinho e Lucas, e eles me ouviram chorar e dizer que nunca mais conseguiria namorar alguém, que ninguém ia me querer, que a culpa tinha sido minha. E disseram que não era bem assim.

— Vai durar uns meses isso, Ana. É sofrido demais — Tavinho disse.

— Tô chorando por causa dum cara que nem era meu namorado.

— Pra quem tinha esse discurso, ele participava demais da nossa vida — disse Lucas.

— Spoiler: daqui a seis meses você vai sentir vergonha — completou Tavinho.

— Mas até lá pode chorar quando precisar — disse Fernanda.

Tinham se passado quase oito meses. E eu estava sentindo vergonha.

Depois de uns vinte dias, teve um dia em que tive apenas uma crise de ansiedade, senti apetite e à noite bebi uma garrafa de Malbec, desrespeitando orientações médicas. Resolvi curtir uma noite sozinha e preparei um asado de tira. Estava deitada do lado de fora da casa, olhando as estrelas do céu e também as que gravei no meu corpo. O vento estava começando a ficar mais gelado e decidi que era hora de entrar. Quando comecei a me pôr de pé, o vômito veio. Fiquei de quatro, colocando todo o jantar pra fora. Lelé apareceu desajeitado como sempre e me deu uma lambida na cara, Lola veio na sequência lamber a minha testa. Depois eles começaram a comer o que eu tinha acabado de expulsar, e Salomé se aproximou para ver o que estava acontecendo. Relinchou, mas os cachorros não se assustaram nem um pouco.

Havia momentos tão idiotas da minha vida em que sentia que estava usando todas as drogas que ministrava no Matheus.

Uma garrafa de vinho não é o suficiente pra me deixar bêbada a ponto de vomitar. E aí notei que minha menstruação estava atrasada fazia cinco dias e que os meus últimos dois períodos tinham sido meio estranhos. Curtos e pastosos, como borra de café.

No dia seguinte, fui até o centro da cidade e comprei um teste de gravidez e duas garrafas de água. Cheguei em casa quase mijando nas calças.

O teste deu positivo.

Havia feito sexo sem preservativo com apenas uma pessoa nos últimos meses e estava traumatizada demais para tomar pílula do dia seguinte.

Era a segunda vez que nos víamos. Em algum momento entre a segunda e a terceira transa, estávamos deitados falando sobre o avanço dos algoritmos ou alguma coisa assim, e ele mencionou o irmão que morava em Porto Alegre.
— Quantos anos tem teu irmão?
— Oito meses.
— Oin.
Algumas semanas depois estávamos comendo um sanduíche e falei que jamais quis, queria ou quereria ter filhos na vida.
— Achei que tu quisesse MUITO ter filho — disse ele.
— Nossa, mas por quê?
— Porque aquele dia falei do meu irmão bebê e você fez "oin".
— Sim! "Oin, uma criança que mora a mais de mil quilômetros de distância e que não preciso amamentar."

É incrível como os homens sempre pressupõem que estamos desesperadas pelo casamento e pela maternidade, como se isso não fosse um desejo deles. Hoje entendo que quem queria filhos — e uma mãe para seus filhos — era ele. Mas Matheus nunca foi capaz de verbalizar isso. Não fazia parte de sua performance de gênero de homem urbano admitir que queria um casamento tradicional e crianças. A etiqueta social contemporânea dita que mulheres precisam convencer os homens a cumprir esses ritos, enquanto eles se esquivam e fingem que não querem.

    Mas nunca estive disposta a participar dessa palhaçada. E talvez fosse esse o problema. Afinal, como podia uma mulher não incorporar com naturalidade esse papel de mãe?

Ter aquele bebê nunca foi uma possibilidade. Tudo que circundava a maternidade me dava nojo. A minha barriga crescendo, meus órgãos sendo esmagados por outra criatura, os chutes nas costelas, meu colo do útero se abrindo pra uma cabeça passar, o puerpério, o cheiro de leite, as noites maldormidas, as fraldas para trocar. E isso nem era o pior. Os gritos das crianças conforme elas iam ficando mais velhas, os trejeitos dos adolescentes. Não conseguia entender por que algumas mulheres ativamente buscavam uma coisa dessas, sonhavam com isso.

E Matheus simplesmente não conseguia conceber por que eu detestava tanto a ideia de ser mãe.

Dizer que simplesmente não queria não bastava.

Eu dizia que não queria ter filho porque não achava a existência boa o suficiente para passar adiante. Que minha mãe nunca pareceu feliz tendo que cuidar de dois filhos enquanto passava o dia atrás do balcão da nossa farmácia enquanto meu pai apenas se preocupava com o trabalho.

Mas ele não parecia compreender nada disso.

Enquanto olhava pros dois risquinhos no teste de gravidez, me lembrei de quando eu tinha nove anos e estava sentada no sofá que ficava nos fundos da farmácia dos meus pais, assistindo TV. Era um cômodo com uma cozinha. Minha mãe cozinhava e ficava de olho para ver se algum cliente chegava e se nenhuma criança entrava para roubar chicletes. Quando alguém entrava na loja ela desligava o fogo com um suspiro de cansaço e vestia um sorriso simpático para não desagradar a freguesia.

Mas naquele dia ela esqueceu de desligar o fogo. E o cliente não calava a boca. Muitos idosos iam à farmácia para comprar um omeprazol e bater papo. Como eu detestava aquela conversa furada.

Uma chama alta e laranja começou a sair de dentro da panela de alumínio em que ela fazia um guisado de ervilha. Minha mãe detestava quando ela estava atendendo alguém e eu chamava "mããée". Decidi não interromper o seu trabalho. Achei que ela estivesse fazendo alguma experiência científica dessas que eu via em *O mundo de Beakman*.

Quando o fogo ficou alto demais, cogitei que pudesse ter alguma coisa errada.

Fui até o balcão, segurei a blusa dela e disse: "Tem uma panela pegando fogo."

Ela saiu correndo esbaforida, com o rosto duro de tensão. Pôs a tampa e abafou o fogo. Queimou a lateral da mão e reclamou: "Você me chama toda hora por nada e quando é importante assim não avisa?"

Minha mãe abria a farmácia às oito e fechava às dez da noite. Ela não tinha nenhum funcionário e vivia exausta. Eu vivia com ela, mas sempre sem ela. Me sentia um estorvo. Meu irmão também se sentia assim, tanto que saiu de casa o mais rápido que pôde. Eu também queria sair de lá e nunca quis viver como ela.

Por que ela teve filhos? Nós só atrapalhávamos. Ela podia ter seguido outra carreira de que gostasse mais, ganhado mais dinheiro, viajado e conhecido o mundo, mas estava ancorada àquele inferno que era ser mãe e ser dona de um pequeno negócio. Por que alguém escolheria aquela vida? Demorei muitos e muitos anos para perceber que escolheram por ela. Que não ser mãe nunca foi uma possibilidade. Era o esperado, era o tradicional, e a liberdade de poder participar do mercado de trabalho era apenas mais uma prisão.

Mas durante esses anos odiei a minha mãe por ter me deixado nascer. Ela tinha uma farmácia. O cytotec estava lá nas prateleiras. Ela podia ter tomado alguns, colocado outros na vagina, e eu teria saído junto com o sangue todo. Teria sido tão bom não existir.

Mas o Matheus não entendia isso. Nunca iria entender. Deve ser tão fácil ser pai.

O aborto é legal no Uruguai até doze semanas, mas não é muito acessível para imigrantes. Pelos meus cálculos, faziam quatorze que estava grávida. Não seria difícil cometer essa pequena ilegalidade. Na noite em que descobri essa desgraça, tomei um diazepam e um zolpidem para ser levada pelo sono.

Despertei várias vezes durante a madrugada, sempre resvalando em um sonho em que estava dançando feito uma odalisca fértil, com muitos braços e cores enquanto, para variar, Matheus tentava invadir minha casa. Dessa vez não peguei em armas nem tentei fugir pela janela. Segui dançando e esperando ele entrar.

A cada microdespertar tentava corrigir o que tinha dado errado no sonho alguns minutos antes. Na última versão fiquei satisfeita quando saíram raios multicoloridos da minha vagina e enlaçaram o pescoço dele até que ele cuspisse um sangue preto e se transformasse em uma imensa poça de lama.

Acordei cansada, e fui para a casa de Mariela depois do café.

Sim, óbvio que ela conseguiria me ajudar. Tinha como conseguir os comprimidos e me acompanhar no processo, mas antes precisava fazer um ultrassom que ela já estava marcando pelo celular.

Ela me acalmou. Disse que tudo seria fácil. Nunca duvidei. A carga da culpa, que é a coisa que mais atormenta a mulher que faz um aborto, eu não sentia.

Naquela mesma tarde fomos a um consultório médico no centro da cidade, Mariela me garantiu que era uma médica que estava com nosotras. Ela me deu bom-dia e colocou o gel gelado na minha barriga.

— Está aqui. Quer ouvir?

— Não, não há nada pra ouvir — adiantou-se Mariela.

— Tem pouco mais de quatorze semanas e está tudo bem. Você quer?

— Não — respondi.

— Infelizmente não posso te ajudar porque passou do prazo legal, mas...

— Tá comigo — disse Mariela.

Sentamos em um bar, e o cheiro de gordura me enojou um pouco. Enquanto eu bebia uma água com gás, ela olhou bem pros meus olhos e viu que eu estava sendo sugada por dentro. Perguntou se já tinha contado a Pablo e respondi que o filho não era dele e que não queria nunca que ele soubesse. Ela concordou.

— Já volto — disse ela.

Encostei a cabeça na parede e caí em um sono pesado. Sem cores, danças, invasões. Despertei com um toque delicado no meu ombro. Era Mariela. Não sei quanto tempo ela demorou. Sentou na minha frente e me passou um kit com sete remédios. Disse que poderíamos fazer naquela noite mesmo.

A questão é que não queria fazer aquilo ali, naquela noite nem com Mariela. E não passaria por aquilo sozinha.

Disse a ela que preferia esperar mais uns dias, e ela me recomendou fazer o quanto antes porque, a cada semana, mais difícil

ficava. Falei que ela não precisava se preocupar, que necessitava apenas de alguns dias para processar tudo.
— Soledad, no?
Sim, sim, Mariela. Dois ou três dias em Cabo Polônio. Precisava de alguns dias de sumiço.

Beatriz voou para São Paulo no dia seguinte e teve que ir ao banheiro duas vezes para vomitar. Não conseguiu consumir o serviço de bordo. Engraçado, nos últimos voos ela não se sentiu enjoada. Parecia que saber da própria condição fazia seu corpo querer expulsar o feto o mais rápido possível.

Mais uma vez Beatriz se transformou em Maeve, que entrou taciturna no prédio e pegou o elevador sem olhar pra ninguém.

Aparentemente Matheus seguia sem desconfiar que uma doida estava invadindo seu apartamento para drogar seu Toddynho, que agora havia sido substituído por suco de laranja. Continuava sem trocar a chave e suas pesquisas no Google sobre "delírios, paranoias, sonhos insanos" haviam parado já fazia um tempo.

Uma grande vantagem de ser Matheus o objeto da minha vingança era que ele se recusava terminantemente a investigar a si mesmo. Uma segunda ou terceira opinião de algum bom médico. Alguns exames. Mas já haviam se passado seis meses desde que aquela maluquice começou, foram pelo menos vinte noites de "alucinações", uma cefaleia de raquidiana e mais umas tantas de mal-estar, provavelmente umas oito diarreias. E tudo que ele havia feito tinha sido marcar um clínico geral que o encaminhou para um péssimo psiquiatra que disse que era apenas ansiedade e insônia e receitou rivotril e mais zolpidem ainda.

Nada que o impedisse de sair com Juliana no mínimo uma vez por semana. Um dia antes eles tinham ido ao cinema. Se ela fosse visitá-lo naquela noite, eu teria problemas, mas a conversa dos dois no WhatsApp indicava que ela teria aula na pós-graduação até tarde e tinha que acordar muito cedo.

Para dar certo dessa vez, para sair como eu queria, tudo teria que ser muito sincronizado. Meu corpo teria que colaborar.

Às cinco da tarde do dia anterior, tomei duzentos miligramas de mifepristona para inviabilizar o feto. Às quatro, coloquei duas pílulas de misoprostol debaixo da língua. Meia hora depois, coloquei mais duas e dali a meia hora sentei na privada. Pensei que o feto iria ser expulso ali mesmo, estragando o ápice d'O Plano. Mas era apenas uma diarreia muito forte. Ao mesmo tempo tive engulhos e vomitei bile — não tinha nada no estômago.

O sangue começou a escorrer.

Coloquei mais duas pílulas de misoprostol sob a língua. Talvez elas não fossem necessárias, mas achei melhor garantir. Era bom que Matheus não se atrasasse. Às oito da noite vi pela câmera ele entrar pela porta e ir mijar. Será que ele iria dormir sem Toddynho hoje? Vamos, não custa nada me dar essa honra, Matheus.

Às dez ele abriu a geladeira. Por favor, que não seja um dia de Coca-Cola. Para minha alegria, ele tomou o Toddynho. Deitou na cama e enviou uma mensagem para Juliana. Era uma reportagem besta sobre como os algoritmos iam acabar com a fome no mundo. Ela respondeu dizendo que leria no intervalo da aula. Ai, Juliana, que pena tenho de você. Seu braço fino e branco deve formar hematomas com facilidade. Mas isso ainda iria demorar alguns meses. A menos que O Plano desse certo. Nesse caso, querida, dele você ia escapar.

Matheus pegou no sono.

Desci sentindo muitas cólicas. Uma pessoa sensata não sairia de casa no meio de um aborto para atormentar o ex. Mas uma pessoa sensata não estaria conduzindo aquele Plano. Estava preparada para fazer o efeito durar tanto quanto necessário.

Forrei a cama dele com plástico branco, coloquei um ASMR na caixa de som e liguei a luzinha vermelha de led. Empurrar aquele corpo pesado fez mais um coágulo de sangue escorrer da minha buceta. A hora estava chegando.

Surgi nua no quarto, o sangue escorrendo pelas minhas pernas. Era um vermelho-vivo, cor de cereja, tão bonito.

Levei as mãos até minha vagina e esfreguei os dedos ensanguentados no rosto paralisado dele.

— Matheus, esse vai ser o pior pesadelo da tua vida. Tua semente maldita não vai germinar. Todo sopro de vida que sair de você vai se transformar em morte. Tu seria um péssimo pai.

Coloquei techno para tocar. As batidas duras tornariam o processo mais traumatizante. Subi na cama e posicionei um pé de cada lado do quadril dele. Estava de pé e os olhos dele viam o sangue escorrer de baixo.

— Matheus, é isso que tu faz com as mulheres. Tu entra dentro da gente e nos devora por dentro. Não resta muito de nós. Tu nos suga com o pau, macera nossas vísceras e elas se liquefazem e nós nos esvaímos em dor. Pra tu ser ruim ainda falta muito.

Senti uma pontada no ventre. Dei um urro de dor. Os olhos dele se moviam de um lado pro outro. Fiquei de cócoras, meu púbis sobre seu umbigo. Apoiei um braço ao lado da sua orelha enquanto com o outro pressionava a barriga. Senti uma pressão muito forte e me ergui um pouco. Foi como um vácuo. Senti como se uma ventosa estivesse desgrudando do meu cérvix. Era exatamente como Mariela disse que seria. Ali, no meio dos coágulos, tinha um feto dentro de uma membrana. Cabia na palma da minha mão. Segurei e coloquei na altura dos olhos aterrorizados de Matheus.

Será que ele estava vendo tudo? Ou será que eu tinha exagerado na dose?

— Viu, Matheus? Isso é tudo que tu tem pra oferecer para o mundo. É tudo culpa tua. Porque tu não levanta voo por aquela janela? Se junta aos demônios que sobrevoam essa cidade podre. Vai para outro plano e se transforma numa nuvem cinza que entra pela boca das pessoas e torna a vida delas um inferno... Ou quem sabe tu não melhora? Quem sabe do outro lado do parapeito não está a sua redenção? A Juliana não merece passar pelo que passei. Vai e livra todo mundo do mal que tu é.

Repeti variações disso até que o efeito da xilocaína passasse, aí injetei cocaína e plasil pelo scalp.

Dois minutos depois o cenário estava exatamente como esperava. Ele trincava os dentes e gritava que tudo estava horrível, que ele estava ficando louco e ia se matar. Ia para a penumbra do corredor e reaparecia, a luz avermelhada piscando devagar.

Ele tinha reação extrapiramidal ao plasil. Numa situação normal, quem tem esse efeito colateral fica doido e agitado e quer fugir desesperadamente. Com o mix de drogas que pus no corpo dele e mais alguns meses de condicionamento psicológico, ele devia estar se sentindo no inferno. Contribuí para essa sensação queimando um pouco de enxofre. Sei criar um clima.

— A janela, Matheus... A janela — sussurrei com o clorofórmio na mão para derrubá-lo caso ele tentasse escapar pela porta.

Ele foi até a janela, desesperado. Estava hiperventilando. Colocou um pé. Depois o outro. Estava acocorado no parapeito, nu. Faltavam poucos centímetros para O Plano dar certo. Quando ele pulasse, eu teria que ser muito rápida e sumir de lá com o plástico ensanguentado, o feto abortado e todas as quinquilharias. Estava em estado de alerta.

Tudo estava saindo como o planejado.

Fazia cinco meses que tinha menstruado pela primeira vez e odiava tudo aquilo. A dor na barriga, a tensão nas costas, a ardência na virilha por causa do contato com o absorvente. Tinha menos de doze anos, e os homens já me assediavam havia pelo menos dois, apesar do meu corpo infantil.

A minha sexta menstruação tinha acabado de chegar e eu estava em uma cadeira reclinável ouvindo Cyndi Lauper no diskman que tinha ganhado de Natal da minha tia e com a cara enfiada numa versão em quadrinhos de *Os miseráveis*, estrelando Pato Donald e Tio Patinhas. O barulho do vento nordeste e do mar agitado acabaram se encaixando no ritmo da música, e o sal que se acumulava na minha boca dava sabor à aventura daquele Jean Valjean de bico. Fantine estava muito doente e me preocupei com o destino dela quando uma mulher chegou esbaforida ao meu lado, gritando:

— Você não viu nada? Não prestou atenção?

Olhei para um lado, depois para o outro, e vi o salva-vidas reanimando uma criança pequena.

— O que houve? — perguntei.

— Você não viu quando ele correu pro mar?

— Ele quem?

— Egoísta!

A mulher correu e segurou a criança, ainda avermelhada pela falta de ar, no colo. Eu nunca tinha visto aquela mulher ou seu filho antes.

Havia no mínimo sete homens adultos ao redor naquele momento. Ela não gritou com nenhum deles.

Agarrei Matheus pelos ombros e o puxei pra dentro. Exigiu uma força descomunal. Quando ele caiu no chão do quarto, de costas em cima de mim, agarrei o clorofórmio e pressionei como nunca. Ele apagou.

Sentei na cama em choque, em êxtase, não sei. Meu corpo expelia sangue e lágrimas.

Deitei sobre o plástico ensanguentado e olhei para o teto por alguns minutos.

Convulsionei num choro catártico. Estava livre daquilo tudo. Tinha chegado ao fim.

Matheus não precisava morrer e eu não precisava matar ninguém. Agora pouco me importava se ele viveria muito ou morreria logo. Aquele momento em que seu corpo estava prestes a cair e a vida dele estava nos meus braços foi um expurgo. O aborto foi um expurgo. Foi como matar tudo que tinha dele dentro de mim.

Dei a última injeção de midazolam que esperava aplicar na minha vida. Limpei a bagunça com Veja multiuso sem cheiro e alguns panos que tinha levado comigo. Retirei o plástico ensanguentado e usei o pouco de força que ainda me restava para acomodar Matheus na cama. Com a ponta de uma agulha, fiz um cortezinho na testa dele. O sangue começou a escorrer e pronto, estariam explicadas as gotas de sangue que porventura escapassem da minha limpeza. Depois disso retirei as câmeras e me preparei para ir embora.

Estava extasiada quando me dei conta de que não tinha visto o feto.

— Merda.

Andei de gatinhas por cinco minutos, revirando cada canto daquela pocilga de apartamento. Encontrei o feto embaixo da cama, com a membrana já estourada.

Fui até o banheiro, atirei na privada e dei a descarga. Fiquei olhando enquanto aquele capítulo da minha vida ia embora para sempre.

Voltei para a minha última noite no apartamento de Maeve, deitei no chão nua e ainda um pouco ensanguentada. Gargalhei. Foi a risada mais prazerosa da minha vida.

Dormi como um anjo. Um sono pesado e escuro, sem sonhos, sem invasões.

Acordei me sentindo com uma tonelada a menos. Enquanto preparava o café, liguei para vários bazares de caridade até encontrar um que pudesse retirar todas as coisas do apartamento naquele dia mesmo.

Às seis da tarde, os poucos móveis e eletrodomésticos já tinham ido embora. Enviei as chaves para a imobiliária por um motoboy, pedi que me enviassem os documentos digitais para rescisão do contrato e o valor da multa.

Maeve desceu pela última vez por aquele elevador. Naquela mesma noite, Beatriz fez sua última viagem para Montevidéu.

Cheguei no começo da madrugada, me acomodei num hotel barato perto do Terminal Tres Cruces e logo cedo tomei o ônibus para Carmelo.

Pela primeira vez entrei na cabana e senti que tinha uma casa e um corpo. Percebi que havia passado anos desterrada e buscando uma identidade. Nos últimos meses vesti e tirei tantos disfarces que não notei que o maior disfarce não usava perucas, nem óculos pesados ou bijuterias. Minha maior performance foi ter passado tantos anos fingindo que não queria ser feliz porque isso nem sequer me parecia possível.

Foram anos de anulação de todos os meus desejos. Estive presa num emprego de que nunca gostei porque não pensava que algum trabalho pudesse me causar algo além de desgosto, em relacionamentos que não davam em nada porque não acreditava que existia outra opção. Não ousava desejar. Pior. Não ousava levantar a coberta de cinismo que encobria meus desejos.

Aquela vingança foi a primeira coisa que me permiti viver com toda a inteireza possível. O desejo que apareceu na minha frente na forma de um touro raivoso e, em vez de desviar dos seus chifres, eu o agarrei com força e depois montei no seu lombo e trotei sem medo de cair.

Não foi um desejo bonito. Não foi um desejo construtivo. Mas foi o meu desejo.

E estava pronta pra desejar muito mais, e não sabia ainda o que estava desejando.

Mas certamente não era pouco.

M ariela tinha me mandado várias mensagens perguntando se estava tudo bem. Eu não havia respondido nenhuma delas nas últimas horas. Teria que encontrar uma maneira de explicar que já havia feito o procedimento sem ela. Mas depois pensaria numa boa desculpa. Enviei fotos do sangramento e do saco gestacional que havia tirado na noite anterior, falei que já tinha acontecido e que queria uma visita dela no dia seguinte.

Ela ficou um pouco brava e quis vir imediatamente, mas implorei para ficar mais um dia, o último dia, em minha soledad.

Quando o sol começou a se pôr e o céu ficou alaranjado, peguei uma garrafa de vinho e um martelo e fui para o quintal.

Com a força daquele touro raivoso, despedacei os computadores, os celulares e as câmeras. Retirei os HDs e os enfiei em um balde de água.

Depois acendi a maior fogueira que já havia feito e atirei a carcaça dos eletrônicos. Em seguida joguei as roupas de Maeve e Beatriz no fogo, seus documentos e, por fim, as duas perucas.

Fiquei olhando as chamas enormes e vermelhas comerem aquelas duas mulheres, os cachorros, um de cada lado, testemunhando, Salomé ruminando num canto do quintal. Não me importei com o clichê e cortei um pedaço do meu próprio cabelo para que a Ana que passava fome e tinha medo de desejar queimasse também.

Três anos se passaram desde que o fogo queimou minha loucura.

Depois de tudo, fiquei no Uruguai. Com Mariela, Pablo, Salomé, Lola. Lelé morreu de velho e adotamos outro vira-lata, chamado Toco. Pablo e eu fomos morar juntos numa casa maior e mais bonita.

Ele não trabalhava mais no hotel-fazenda porque foi contratado para ser viticultor de uma vinícola. Passou a comprar as melhores sementes e fertilizantes, analisava a terra, pesquisava os melhores métodos para produzir o vinho mais orgânico possível.

Mariela casou. Num sábado escaldante de janeiro nós conversávamos na sala da casa dela quando alguém bateu à porta. Era Belén, a lésbica argentina abortista que Mariela achou que nunca mais encontraria. Belén estava de férias e, ainda que pudesse passar uns dias na Patagônia, preferiu cruzar o Rio da Prata para reencontrar a uruguaia de olhos verdes que nunca tinha esquecido.

Eu entraria em pânico se um homem com quem transei por alguns dias no passado batesse à minha porta sem avisar, mas Mariela abriu um sorriso de orelha à orelha, que foi minha deixa para ir embora. Quase não tive notícias dela até a sexta-feira seguinte, quando Belén voltou para a Argentina, apenas para retornar uma semana depois com suas malas e dois gatos.

Mariela e eu realizamos um sonho de millennial: abrir uma pousada com restaurante em um lugar calmo do interior.

Eu não cozinhava, mas era responsável pela concepção dos pratos. Além dos uruguaios tradicionais, incorporei acompanhamentos brasileiros no cardápio, e os locais iam, comiam farofa e diziam:

— Não é como uma boa batata, mas é interessante, sim.

E depois voltavam e se lambuzavam de gordura coberta de farofa outra vez.

Belén administrava a equipe, e Mariela cuidava das compras. Nós três acompanhávamos de perto o financeiro. Muitas mulheres abortaram em nossa pousada.

Tudo estava tão pacífico quanto poderia estar. Eu não tomava diazepam nem qualquer substância calmante além de vinho havia muito tempo. Fazia terapia, narrava as sessões de enlouquecimento e O Plano como se fossem uma grande fantasia da minha cabeça. Estava conseguindo gerenciar uma pousada sem ter cedido à vontade de colocar rivotril na bebida de nenhum hóspede chato.

Mas um dia aconteceu.

Estava no balcão do restaurante, repassando o pedido de vinhos, quando os vi entrando pela porta. Matheus e Juliana. Ele estava mais gordo, e ela, carregando um bebê, muito magra e com olheiras. Era como se ele a estivesse sugando.

Pensei que fosse uma alucinação.

Ele tinha entrado no meu restaurante e reservado um quarto na minha pousada.

— Ana! Quanto tempo... Vi o perfil da pousada no Instagram e fiquei muito feliz por você. Incrível como você está melhor.

Quase agarrei algumas taças de cristal para quebrar no balcão e cravar no pescoço dele.

— Longe de você tudo melhora.

Juliana ficou desconfortável. Ele riu.

— Olha. Preciso muito conversar com você. Hoje à noite podemos conversar?

— Claro.

— Combinado! Tem alguma opção vegetariana? Não como mais carne desde que terminamos.

Era mentira.

Mais tarde, enquanto Juliana colocava o bebê para dormir sozinha no quarto, Matheus sentou na minha frente e pedi um dos melhores vinhos da casa para a nossa mesa, a mais reservada do salão, e uma provoleta de entrada.

— Queijo você ainda come, né?

— Sim. Tentei parar por um tempo, mas não consegui.

Matheus começou a me falar da sua vida. Estava casado com Juliana fazia mais de dois anos. Cretino. É incrível como os homens seguem em frente com a maior facilidade, alheios aos danos que causaram. Tinha decidido sair da startup de aluguéis depois da morte de Thiago. Thiago tinha morrido, eu sabia? Não, não sabia. Trabalhava em uma empresa de vegetais orgânicos agora e tinha voltado para Porto Alegre com Juliana para ficar mais perto do irmão.

— Achei que era importante estar perto dele, pra influenciar a ser uma pessoa melhor, sabe?

Quase quebrei a taça de vinho novamente. E aí ri.

— Como tu pode influenciar alguém a ser melhor, Matheus?

— Ah, Ana, então... Foi por isso que fiz questão de falar contigo pessoalmente. Fui um idiota contigo. Te disse coisas horríveis. Me arrependo de tudo, principalmente daquela noite em que te deixei sozinha na festa. Algo horrível podia ter acontecido.

— Aconteceu. Fui estuprada. Acordei na casa de um estranho com litros de porra escorrendo pelas minhas coxas.

Ele colocou os cotovelos na mesa, apoiou as mãos na testa e chorou.

— Sonhei várias noites que isso pudesse ter acontecido. Sinto muito. Mesmo.

— E pelo empurrão e o tapa na cara?

Ele me encarou quase como se tivesse esquecido aquilo.

— Sim, sinto muito por isso também. Sabe, eu melhorei. Passei por um período muito difícil depois que terminamos. Achei que fosse enlouquecer, que tivesse um fantasma seu na minha casa, que todo ácido que usei tivesse me feito pirar de vez. Aconteceu muita coisa estranha.

— Tipo o quê?

— Um dia acordei com muita dor de cabeça e tinha três potes de frango frito no chão de casa. Devo ter pedido no meio da madrugada, mas não lembro. Alguns vegetarianos às vezes fazem isso, comer carne no meio de uma bebedeira. Mas eu nem estava bebendo muito. Teve outro dia em que chegaram uns coelhos de pelúcia que comprei no meio da noite. Vivia acordando com manchas roxas pelo corpo. Passei meses muito grogue. Melhorava por algumas semanas, mas depois voltava tudo de novo. Fui num psiquiatra e tudo.

— Como assim, um fantasma meu?

— Era como se você aparecesse e me contasse tudo que fiz contigo. Um dia, sonhei contigo sangrando em cima de mim, era muito realista. Naquele dia percebi que tudo que eu fiz tinha sido muito ruim, pensei em me matar. Por pouco não me atirei da janela, foi como se tu mesma tivesse me impedido. Sei que fui um escroto, como te dizia coisas ruins embora não fosse muito melhor.

— Você não era nem um pouco melhor.

— Sim, sim. Tu tá certa. Fui horroroso. Tu foi estuprada por minha causa.

— Não fala mais disso.

— Ok. Mas então. Entrei na terapia e foi pensando em tudo isso que percebi que eu era agressivo com mulheres e tinha um pouco de inveja de você. Me sentia mal do teu lado.

— Ah, é?

— É que tu nunca precisou de mim, Ana. Tu sempre conseguiu resolver tudo sozinha, tão rápido. Não sentia nenhum espaço para ser útil na tua vida. Tu fazia eu me sentir desnecessário.

— Tu foi muito desnecessário na minha vida.

O relacionamento com Juliana fez todo o sentido. Aquele pedido de ajuda frágil foi a oportunidade que Matheus sempre buscou de ser um herói. De salvar a dama que estava presa na torre do castelo. De ser protagonista na luta contra o patriarcado.

— Mas depois de tudo tu melhorou tanto, né? Será que se não tivéssemos nos conhecido tu estaria aqui, feliz?

Matheus era tão idiota que queria se apossar da minha superação. Se tinha encontrado paz na vida, foi porque um dia ele me levou ao inferno.

— Não teria sido estuprada.

Depois de um silêncio constrangedor, chegou o momento que eu estava esperando dessa conversa.

— Quero te pedir perdão, Ana. Desculpa, desculpa mesmo por tudo. Errei muito e me sinto envergonhado, até hoje é difícil viver com isso.

É isso que os homens esperam sempre das mulheres: perdão.

— Não te perdoo. Nem agora nem nunca. Não vou aceitar tuas desculpas só para me sentir magnânima ou superior. Tu não merece perdão nenhum.

— Tudo bem, é um direito teu.

— Cala a boca, seu idiota. Tu tá fazendo uma das coisas mais típicas de macho bosta, que é aparecer na frente de uma mina que tá levando a vida dela longe de ti para tirar os traumas dela do armário sem pedir licença e pedir desculpas com a cara mais deslavada do mundo. Vocês pensam que é só fazer quatro sessões de terapia e pedir perdão que automaticamente tá tudo bem. Quero mais é que tu te foda e viva com essa culpa. E espero que a Juliana te abandone o quanto antes, porque dá pra ver nos olhos dela que tu tá sugando toda vontade de viver daquele corpo. Espero que ela leve teu filho pra longe, e que teu único vínculo com ele seja uma pensão alimentícia muito alta, e que teu estômago seja corroído por uma úlcera e...

— Ok, nunca quis que tu guardasse rancor.

— Não guardo rancor de ti. Meu rancor está exposto e é polido todos os dias, com muito prazer.

— Ana, não tô me sentindo muito bem...

— Vai embora, Matheus. Tu vai passar a noite aqui só porque não vou expulsar uma mulher com um bebê a essa hora. Mas amanhã não quero mais te ver aqui. Nem na minha pousada nem em Carmelo.

Então tirei o casaco. Olhei bem fundo dentro das pupilas dilatadas dele. Abri um sorrisinho maligno e virei de lado, acariciei minha tatuagem de estrelas e conduzi seu olhar direto pra ela.

— Se precisar do banheiro, é logo ali.

Me levantei e fui pra casa tomar um vinho com Pablo. Tinha valido a pena guardar aqueles últimos frascos de laxante e ácido como souvenir daqueles tempos insanos. Aparentemente não estavam vencidos.

Uns dias depois chamei Mariela, Pablo e Belén para um asado em Punta Gorda. Fazia um tempo que não fazíamos aquilo, e eu disse que estava com saudades e queria comemorar.

Contei então pra eles da visita de Matheus.

— Não acredito! — disse Mariela.

Narrei todo o diálogo e narrei também O Plano, sempre como fantasia. Disse que toda vez que ia para Cabo Polônio ficava obcecando com aquilo.

— Jajajajajaja, Ana! — Foi a reação geral.

Fiquei pensando se ririam e me amariam se soubesse que era tudo verdade.

Contei da cartada final. Omiti o ácido, mas citei o laxante. Os risos foram um pouco mais contidos, já meio preocupados.

— Não se preocupem, Matheus reina no meu rancor e acabou todo o meu estoque de laxante.

— Bem que o banheiro do restaurante ficou inutilizável aquele dia — comentou Belén.

— Espero nunca te magoar — Pablo falou.

— Também espero que tu não me magoe.

E fiquei lá, olhando o céu laranja dos pampas, escutando o chiado dos asados e sentindo o gosto do vinho e da vingança, contemplando meu final feliz.

> Be kind to me, or treat me mean
> I'll make the most of it, I'm an extraordinary machine
> (Extraordinary Machine, Fiona Apple)*

---

* Composição: Fiona Apple Maggart

AGRADECIMENTOS

A Clara Averbuck, por sempre me estimular a dar vazão aos meus desejos e a me expressar por meio das artes, e pela sua leitura crítica.

Aos amigos que leram o livro e me ajudaram a melhorar a narrativa. A Luísa, que compartilhou comigo seus conhecimentos de anestesiologia, a Sirlanney pelas dicas de pintura, a Arnaldo Branco, Natalia Timerman, Andrea del Fuego e Júlia Rabello pela apreciação.

A Ana Lima e Giuliana Alonso, que acreditaram na saga psicodélica de Ana.

A todas as redes de mulheres da América Latina que ajudam mulheres a decidir sobre seus corpos e seus destinos, e às brasileiras que descobriram o uso abortivo do misoprostol, medicamento que, junto com a mifepristona, compõe o kit para aborto seguro recomendado pela Organização Mundial da Saúde.

Bruna Maia

tikam QISAS WRAAK
МЕСТЬ Rache boss
復讐 MENDEKUA ta san
сveta PANIMA 10
Омста ⲞⲆⲚ ⲪⲆ VENĜ
ioghaltas ثأر انتقام zem
txataña esan PAGHIHIGAN
ọ̀ọ̀bọ̀ Kosto Hoʻopaʻi
נקמה 복수 hævn
balas dendam εκδίκησ
बदला te utu tapuatō